地球旅馆

愿漂泊的人
都有酒喝

愿孤独的人
都会唱歌

宋小君　戴日强　杨熹文　等——著

河北人民出版社
石家庄

图书在版编目（CIP）数据

愿漂泊的人都有酒喝，愿孤独的人都会唱歌 / 宋小君，戴日强，杨熹文著. —— 石家庄：河北人民出版社，2019.3

ISBN 978-7-202-13497-9

Ⅰ．①愿… Ⅱ．①宋… ②戴… ③杨… Ⅲ．①随笔－作品集－中国－当代 Ⅳ．① I267.1

中国版本图书馆 CIP 数据核字 (2018) 第 236589 号

书　　名	愿漂泊的人都有酒喝，愿孤独的人都会唱歌
著　　者	宋小君　戴日强　杨熹文　等
责任编辑	王云弟　刘大伟
美术编辑	于艳红
出版发行	河北人民出版社（石家庄市友谊北大街330号）
印　　刷	天津丰富彩艺印刷有限公司
开　　本	787毫米×1092毫米　1/32
印　　张	9
字　　数	184 000
版　　次	2019年3月第1版　2019年3月第1次印刷
书　　号	ISBN 978-7-202-13497-9
定　　价	38.00元

版权所有　翻印必究

序言

孤独的人正在被暗中疼爱　　/宋小君

（一）

我是你回家路上的一盏灯

小区很旧，从大门口进来，只有一盏路灯，在深夜里，有些倔强地亮起来，只是为了给你照亮一小段路。

我就是那盏路灯。

我本想着用第三人称，渲染自己的孤独，营造一个温暖的形象，但想了想，还是算了，矫情是病，有话直说好了。

你每天都很晚回来。

我曾经听一只萤火虫说过，深夜里在街上游荡的人，心底里都有那么一丝孤独。

但我不知道该不该相信一只屁股着火的虫子。不过，从你经过我的时候，似有似无的叹息里，我一厢情愿地确定你是孤独的。

姑娘的孤独，就像是男人的好色一样，总是昭然若揭。

我只是一盏路灯,无法窥见你整个人生,我只在这个时刻,晚上十一点半左右,等你下班回家,在你经过我的时候,不动声色地亮起来。

你甚至都不会发觉我的存在。

更不会发觉我对你的喜欢。

我只是一盏路灯。

但如果没有你,我甚至都不知道自己存在的意义。

有月亮的时候,我甚至会觉得自己多余。

直到一年前,你的出现,给了我存在的意义。

有些姑娘就是这样,好像随身带着一千万种意义,随手赠送给那些在世界上迷失了自己的人或物。

你回来了。

你脚步声很轻,走得很慢,你穿一件棉绒大衣,头发早上刚刚洗过,飘荡着一股香味。

我心里泛起一丝伤感,我称之为在美丽面前迸发出来的美好的伤感。

你要经过我了。

我倾尽全身力量亮了起来。

你习以为常。

而我却在每一次为你亮起来的时候,都觉得由衷地幸福。

我能理解屁股着火的萤火虫了,总要为了某种意义亮起来。

你就是我的意义。

你经过我的时候,并没有抬头看我。

而我却仔仔细细地看了你。

我用我的光给你照亮。

你远去了,你要回家了。

我又可以度过一个美好的夜晚了。

我知道,我的灯丝是有寿命的。

这一点,我和照相机有一些相似。

照相机的快门也有寿命,每记录一次风景,定格一次微笑,都是在燃烧自己。

我不知道我能陪你多久。

但未来什么时候来,管它呢。

只要我还能为你照亮,我就是幸福的。

你加班到很晚。

你打着哈欠,走在小区里。

小区里,一片漆黑。

你累得没时间思考一些人生的意义。

经过你一直经过的路灯,你猛然停下来,抬头看,那盏原本一直亮着的路灯,不知道怎么回事,今天却并没有亮起来。

你站在那里,愕然了好一阵,心里竟然莫名其妙地有一丝酸楚。

突然，一小团光在你面前，轻盈地晃荡，你定睛去看，是一只萤火虫，那一小团光，似乎是在指引你回家的方向。

二

嗨，小姐，我是你街角的那间便利店啊

大爷的，你不知道，昨天，我的摄像头又成功地捕获了一个小偷。你猜怎么着？丫偷我的酸奶！乖乖，塞了满满一裤裆，至于吗嘿，花点钱买点不行吗？再说了，他都给我偷光了，我怎么跟你交代啊。你又不爱喝别的牌子。虽然我觉得你挺矫情，但是吧，姑娘有权利矫情，姑娘就应该矫情。我还挺喜欢你这股矫情劲儿的。大部分人心底的矫情，都被生活给虐没了。

你每一次进来，喜欢在付钱之前，就打开酸奶，咬着吸管，一阵嘬。

我喜欢听这"歌声"，那是我平淡生活里的交响乐。

怎么比喻呢，就好像吧，晚高峰你堵着车，气急败坏，突然就看见了马路对过，一阵狂风吹起了一姑娘的裙子，这春光被你看了个正着，你偷着乐，姑娘她还浑然不觉呢。

你自己都没发现吧？

这个牌子的酸奶，从来没断过货，只要你来，它们准在那

儿列队迎接。

其实，你每次付钱的时候，眼睛都往安全套的货架上瞟。

不掩饰，我真有点怕，怕你买那个最大包装的。

我是不是有点自私了啊。

但你要真买了吧，我也不会怪你。

我忒希望你幸福。

那天下雨，你心不在焉地选了几样关东煮，挤上了过量的辣椒酱，坐在我的角落里，吃着鱼丸，透过玻璃看出去。

我好奇你在看什么，我也跟着你往外看。

马路上车流来往，有情侣在伞底下亲吻，有流浪猫钻进了咖啡馆，有个迷路的人，在冰淇淋店的屋檐下躲雨。

要不是你，我都不会注意到这些事儿。

要不是你，我怎么会知道这些日常也是风景呢。

嘿，小妞，是收银员让我知道了你的名字。

我叫便利店，你可以叫我小便。

笑什么，这是昵称。

但我还是更愿意叫你小妞。

一个人对另一个人的称呼里，藏着层层叠叠的意思呢。

那天晚上，你又来买啤酒。

坐在角落里，自顾自地喝酒。

我什么不知道啊，大晚上的，女孩子一个人喝酒，不是失恋了,就是失恋了。

我太理解了。

不瞒你说,我年轻的时候,也喜欢过另一家便利店。呐,就是街对面那个"711"。日本来的,有一股熟悉的异域风情。

可我们是竞争关系,我又动不了,只能偷偷喜欢。每天偷偷看着她,借由客人传递思念。

可有一天,我突然发现吧,丫跟"全家"好上了,好上也就算了,两家店还在同样的货架上,摆着同样的婚恋杂志。

恩爱秀了我一脸。

那段时间吧,我也很难熬。

客人来买酒,根本就买不到。

全被我自己喝了。

喝了我就吐,吐了我再喝,喝了我再吐。

店长每天拖地,还以为是我屋顶漏水了呢。

而那个月这里根本就没下雨。

白天晚上,我都醉醺醺的。

24小时营业,我就有24个小时的寂寞要打发。

累挺啊。

直到一个凌晨,两点十六分,你大概是刚从KTV回来,耳朵里戴着耳机,嘴里哼着歌,来我这里买矿泉水。

我动用了店里所有的摄像头,全方位地拍摄你,像拍电影。

后来,我不断地回放我第一次见到你的情景。

黑白影像里,我觉得自己是王家卫。

你白色的鞋子上,有一团污迹。

人好看了,真没道理,连你鞋子上的污迹都有了一种美。

所以,小妞,我理解你。

你就喝吧,酒我管够,泪你尽情地流。

爱情吧,它虽然总蛮不讲理地结束,但它也毫无道理地开始啊。

喝够了,回家吧,听话,欢迎再次光临。

明天早上,我这里还有你最爱喝的酸奶。

棉外套

我擅长拥抱。

这大概是我为数不多的技能。

我长居衣柜深处,只在北风变冷、冬天来临的时候,才出没。

你是我第一个主人,到目前为止,也是唯一一个。

不是不能选择的人生,就一定是不好的。

我熟悉你身体的每一寸线条，来自一个女人身体的曲折，也折射着这个女人内心深处的秘密。

下雪那天，你穿着我出门，雪落在我身上，就融化了，悄无声息，就如同我对你的爱。我没有向衣柜里其他的裙子和夏装叫嚣。尽管，他们可能更接近你的身体，更贴近你的肌肤。

我想，我更像是一场暗恋。

你衣柜里的干燥剂和樟脑球，大概是唯一知道我会伤感的存在。

为你挡过的雨，融化在我身上的雪，最后都变成了我快乐的伤感。

最终，被干燥剂仗义地吸收。

干燥剂说，我知道这些液体不是你的眼泪，但里面竟然有你眼泪的成分。

樟脑球说，虫子最喜欢你，老想着侵害你，不用担心，我来保护你，我刺鼻的味道，是你的香水，也是虫子的魔咒。

男人常说，女人如衣服。有人这么说，是因为衣服可以常换常新。有人这么说，却是因为，衣服就是一个无时无刻不在的拥抱。

我更偏爱后一种。

当然，我也会过季，也会过时。

时尚就是我的劲敌。

可能你不知道吧，姑娘，你的冬天，恰恰是我的春天。

你走在雨里、雪里、阳光里，我能感受你的体温，你的气味，你的汗水。

你走进了空调房里，暖气屋里，我会知趣地呆在一旁，看着你和朋友们开玩笑、聊八卦。

等你聊完了，我会抱着你，我知道你困了，你睡眼惺忪了，来吧，我抱着你回家。

回到家，你卸妆、洗澡，我听着你浴室里的水声，看着外面又下雪了。

忍不住叹息了一声，再下几场雪，就该到春天了。

春天来了。

你检视自己的衣柜，觉得衣服不够穿。

换季了，不如送掉一些衣服，选来选去，选中了自己的棉外套。

时间太久了，褪色了，下一个冬天，要买一件更新潮的。

你这么想着，把棉外套打了个包。

明年冬天，它会有一个新主人。

不瞒你说，人的本质是孤独的。

但请你不要害怕孤独。

你在灯下孤独，我就在暗中疼爱。

这世上有许多人，许多事，许多你不知道的温暖，都在暗暗陪伴着你，偷偷爱着你，等着某一天跟你相逢，等着某一天，被你惊喜发现。

目录
contents

Part 1·独自漂泊与奋斗

☐ 一月里的二十六
该如何拯救你的孤独? 002

☐ 王宇昆
那个上了名牌大学的姑娘 011

☐ 李娜
你那么美好,千万别说"我不配" 015

☐ 宋小君
一个人吃晚饭的时候,你孤独吗? 022

☐ 面白
或许你该像个APP,只要还没下架,就不要停止迭代 028

☐ 面白
大部分时候,我好像看不到未来 034

Part 2 · 难以割舍的爱

◯ 温凯尔
水生与霍蕾　042

◯ 牛魔王
我和她的爱,在 300 路公交车上　056

◯ 麻绳先生
下次再见你,谈笑风生不动情　063

◯ 狮心
器官　073

◯ 年初九
一个乞丐　082

◯ 牛魔王
亲情债,是世间最难还的债　095

Part 3 · 异乡故事

☐ 宋小君

你惦念着谁,谁又惦念着你? 102

☐ 阿狸咖哆

修补月亮的男孩 119

☐ 胡乐乎

返老还童 136

☐ 再见哈斯卡

如果多一张船票,你会不会跟我走? 152

☐ 杨熹文

爱意退化综合征 166

Part 4 · 与青春有关的故事

☐ 珞少爷

他可能不喜欢你 180

◯ 南瓜酥

我最好的朋友结婚了　202

◯ 牛魔王

如果我没有爱过你　211

◯ 牛魔王

姑娘，让我给你讲一个故事　222

◯ 戴日强

爱就勇敢在一起　230

◯ 戴日强

你有没有初恋情结？　242

◯ 王璐琪

9小时的依靠　249

◯ 周灿

我有一个男朋友　257

◯ 沫寒

你是我好到舍不得谈恋爱的朋友　265

Part 1

独 自 漂 泊 与 奋 斗

该如何拯救你的孤独？

文 / 一月里的二十六

-1-

孤独是什么？

是自从你走后，我觉得一切都是孤独。

贺阑打开冰箱，取出米饭、肉松、海苔、泡菜和胡萝卜，她准备做寿司，然后在橱柜里取出之前在网上买的做寿司的工具，用沸水消毒，又取出抹布擦拭干净。

加热米饭的间隙，她发现没有白醋，只好取下一次性手套，去房间里取出外套，拿上零钱，准备下楼去买白醋。

刚一打开门，发现过道里堆满了行李，看来对门又来了新租户，贺阑心里这样想道。

对门的房子之前住着一对年轻情侣，他们在不同的公司上班，可是男孩每天下班都会去接女孩，风雨无阻，然后一起买菜回家做晚饭，顺便做好第二天可以带到公司用微波炉加热的便当。

女孩做的三文鱼寿司很好吃，贺阑吃过，感觉比外面店里做的味道更胜一筹。

可能是因为爱吧，一看就是两个在充满了爱的家庭里长大的小孩，然后一起相识相爱，共筑一个充满爱的"小窝"，所以做出来的食物也是充满爱的。

贺阑总觉得自己做不出来这种味道的食物。

贺阑从小就生活在极不和谐的家庭环境里，爸爸平庸无能，唯唯诺诺；妈妈冷血势利，咄咄逼人。总之，他们是两个水火不容的人，早年是经人介绍认识，后来稀里糊涂地结婚生子。

婚后才发现两人的性情不和，当彼此的坏毛病全都败露出来的时候，两人开始大打出手，又哭又闹。

贺阑常常在三更半夜被他们的争吵声给吓醒，看见两人蓬头垢面，争先恐后地跑到贺阑的床前问她："我们离婚了，你跟谁？"

贺阑哭喊着："我谁也不跟！你们都走！我一个人住！"

所以，贺阑的童年过得一点也不安宁，长大后的贺阑，也的确一个人住。

"嗨！你好，我是你的新邻居，以后请多多关照！"

贺阑抬头看见一个瘦瘦高高的男生举起手给她打招呼，然后又忙着把过道上的行李往屋子里提。

"嗨，你好。"贺阑也连忙给男生打了招呼，出于礼貌。

"不好意思，我东西有点多，挡着路了。"男生冲着贺阑露出歉意的笑容。

"没关系，需要我帮忙吗？"其实贺阑没有想到自己会说后面那一句，因为毕竟自己还得去买白醋回来做寿司。但也许是因为对之前的那对情侣印象极好，所以才会对新的租户也有莫名的亲切感吧。

"不用了，不用了，有人给我帮忙呢，也快好了。"男孩正说着，贺阑看见一个女孩儿从房间里走出来，穿着围裙，拿着抹布，笑容灿烂地向贺阑打招呼。

看来又是一对有爱的情侣，真好。贺阑一边下楼一边这样想道。

-2-

贺阑买完白醋回来，肚子已经饿得咕咕作响，便拿出速食饼干充饥，又喝了一杯牛奶，然后又接着做寿司。

由于很久没做了，手法有些生疏，贺阑告诫自己，一定要小心谨慎，切食料时一定不能把手割了，不然又得好几天不能碰水，这对于独居的她来说，极度的不方便。

做寿司是之前住在对面的那个女孩教他的，那个女孩会做各种日式和韩式料理，她做的辣白菜汤味道极好。

贺阑问女孩为什么喜欢做吃的，女孩说她相信食物能慰藉人心。

所以那个女孩经常给他男朋友做各种各样的好吃的，偶然得知贺阑会做炒菜，当机立断丢下食谱来向贺阑请教红烧鱼的做法。

"他不太能吃辣,所以我要少放点辣椒,这些差不多吧?阑。"女孩总是在放配料时习惯性地问一下贺阑。

"嗯,放这些量不会太辣,足够提味。"贺阑一边清洗菜板一边回答女孩。

"阑,帮忙看一下几点了,看能在他下班之前把丸子汤做好不?"女孩基本上每句话都不离他男朋友,做菜也是掐着男朋友下班的时间。

"现在六点一刻,可以的,我先去收拾桌子。"贺阑立马停下手中的活,去收拾桌子。

贺阑开始喜欢上这样忙碌而充实的周末,喜欢这对可爱年轻的情侣,他们是朋友却胜似家人。

那段时间,贺阑几乎每个周末都和他们一起度过,一起做菜,一起吃饭,还一起互相教对方做菜。所以贺阑从女孩那里学会了做寿司,金枪鱼寿司、蛋黄肉松寿司,还有稍复杂的三文鱼寿司。

从学会之后,贺阑对寿司极度狂热,几乎每天都会做寿司,一天三顿吃寿司都可以。她一次就会做很多,然后放进冰箱里,在家待饿了,就取出来吃。

女孩无数次佩服贺阑的"宅",除了吃东西和上厕所,贺阑可以在床上躺一天。

贺阑点点头,不可否认。

因为在没和女孩熟络之前,她的周末生活确实如此。

只是碰巧有一天早晨,她梦见妈妈做红烧鱼给自己吃,可是不知道是因为什么事情,妈妈突然和爸爸争吵起来,贺阑看着锅里的红烧鱼渐渐被烧焦,变成了黑色,后来贺阑哭着从梦里醒过来。

醒来后的贺阑决定自己动手做一次红烧鱼,快要起锅的时候,听到了敲门声。

贺阑开门一看,是对门的女孩,女孩说自己出门买菜把钥匙忘家里了,男朋友在公司加班,开锁公司的人等会儿才来,她想在贺阑家上个厕所。

贺阑同意了,女孩儿刚进门就闻见了红烧鱼的味道,她对贺阑的厨艺赞不绝口,再三要求贺阑教她。

就这样,女孩给贺阑平淡如水的周末生活增添了无数生机。

-3-

贺阑刚把一个寿司喂到嘴里,敲门声响起。

贺阑打开门一看,是刚刚打过招呼的女孩,她问贺阑借电磁炉,他们自己的电磁炉在搬家的过程中坏掉了,可是女孩想在搬家的第一天做可乐鸡翅。

于是贺阑从厨房里找出了那个自从换了新的灶具就很久没有用过的电磁炉,递给女孩,并嘱咐不用急着还。

就在女孩道了很多声"谢谢"准备转身就走时,贺阑又从冰箱里拿出一份寿司递给了女孩。

女孩走后,贺阑坐回桌子前开始吃剩下的寿司,一边吃一边笑,看来自己真的变了。

记得之前对门的那个女孩对贺阑这样说过:"其实你没有必要把自己过得那么孤独。"贺阑当时听到这句话的时候心里微微怔了一下。

贺阑问女孩:"你知道什么是孤独吗?"

女孩喝完一口海带汤,摇晃着手里的勺子说:"我觉得孤独就是一个人住,一个人看书,一个人上班,一个人听歌旅行,只待在自己的世界里,不理会其他人,甚至是一句话也不多说,更不会和他人一起分享食物。"

贺阑对于女孩的话没有再接下去,因为她深知自己就是这样的人,她内心一直居住着一头孤独小兽,在外人看起来它一点也不友好,可是贺阑却觉得它可爱有加,值得依赖。

所以她才愿意与孤独和平相处,从不争吵,也没有别离。

不像人与人的相处,每个人都只能陪你走一段路,迟早还是会分开,就像妈妈的突然离世,对门女孩和他男朋友的搬家离开。

甚至都来不及说再见啊,这样看来,真的不如孤独可爱,还不如继续孤独一些好了,贺阑在收拾屋子的时候这样想道。

自从对门的情侣搬走以后,贺阑的周末又回到了最初的状态,宅在家里,一整天都不出门,除了吃饭、上厕所,也没有心思再做寿司。

有一次收拾厨房看到多出的两副碗筷时,突然想到了关于女孩的一件事:陪女孩去医院做流产。医院的人比想象得多,甚至比菜市场的人还要多。

贺阑扶着从手术室走出来的女孩,微微颤抖着,甚至自己都先于女孩哭了。

女孩替贺阑抹去眼泪,"你哭什么?我都不嫌疼。"可过了一会儿就开始喃喃自语。

"其实我也很舍不得,可是这个孩子来得太不是时候了,真的,我和他现在还想好好拼一下事业,再说买的房子马上要装修了,他又要上班,我怕他忙不过来……"女孩自己一边说眼泪就一边往下掉。

从医院回来,贺阑给女孩炖了鸡汤,她想起来妈妈讲过,女人生完孩子多喝些鸡汤好。

女孩喝完说很像小时候妈妈做的那种味道,而她的妈妈在她五岁的时候就离开了。

这把贺阑之前的猜想全部都打破了,原来每个人都有自己的故事,你所以为的不一定就是真相。

贺阑还记得女孩搬走的前一天晚上,他们最后一次在一起做饭,女孩把锅里的带鱼翻了个面后问贺阑:"阑,你有没有喜欢的人?你打算一直一个人住吗?"

贺阑切土豆丝的手突然迟疑了一下,随即又继续切起来,"我想我可能不适合谈恋爱吧,我不知道该怎么去爱一个人,以前有过一个男朋友,后来分手了,他说我生性孤独,只适合一个人。"

"不对,那肯定是你还没有遇见对的人,一个好的爱人,会和你一起对抗孤独。"女孩说完在煎成金黄色的带鱼上撒了一把葱花。

一起对抗孤独？那一个人呢？就不能对抗孤独吗？

-4-

过了几天，贺阑下班回来，刚准备进门时，对门的男生叫住了她，他怀里抱着电磁炉，原来是来还电磁炉。

贺阑接过来，准备开门，可是手又被占住，于是男生又连忙接过去。

贺阑与男生都笑了，贺阑便随口问他："你女朋友呢？她的可乐鸡翅做得成功吗？"

"女朋友？"男生有些疑惑，随即又说道："哦，你说她，她不是我女朋友，是我妹妹，那天搬家，她硬要给我做第一顿饭吃，可不巧电磁炉坏掉了，所以才来向你借。"

"对了，谢谢你的寿司，做得好棒，很好吃。"

门打开了，贺阑又接过男生手里的电磁炉，"我很久都没做了，只要不觉得难吃就好，你妹妹和你关系真好。"贺阑一边拔钥匙一边说道。

"还好吧，现在挺好的，小时候也经常又打又吵。好了，不打扰你了，再见。"男生与贺阑道别，露出一个灿烂的微笑。

"嗯，再见。"贺阑关上门，踢掉鞋子，走进卧室，脱掉外套，换上宽松的家居服。

在照镜子的时候她突然想到，要是她也有个哥哥、姐姐或者是弟弟、妹妹多好啊,这样也许她就不会一个人住了,可以和他们住在一起。就算不住在一起,周末的时光也能一起度过,也许,就不会这么孤独了。

贺阑刚躺到床上,突然又听到有人敲门,打开门一看,是对门的男生。男生举了举手里的盘子,说道:"这是我做的可乐鸡翅,不比我妹妹做的味道差喔,你尝尝。"

贺阑吃完最后一个鸡翅后给爸爸打了个电话,电话一接通,贺阑就说:"爸爸,我们一起去南山看看妈妈好不好?我也想吃你做的每次都快要糊掉的鸡翅了……"

孤独是什么?

孤独就是在你离开后,我觉得一切都是孤独。

可是幸好,还有食物可以慰藉人心,有时候,还可以拯救你的孤独。

那个上了名牌大学的姑娘

文 / 王宇昆

之前我在一家游戏公司做过媒介,我的直系领导是个对我特别好的温柔小姐姐。因为我俩都有写作的爱好,所以有特别多的共同话题。

那时候,我只是个道行尚浅的实习生,很多"江湖法则"都是她教会我的,怎么跟同事交流,怎么把工作处理得优秀,同时又留有可以进步的余地。当然也包括一些很现实很残酷的大道理,那段工作的经历一直给我留下了很深刻的印象。

她从北京一所顶尖大学毕业,硕士研究生是在上海读的。毕业后,她辗转了很多家公司,做过各种各样的关于互联网或是移动端的工作,最后进入了我所在的这家公司,很快混到了一个小高层。

我认识她那年,她刚刚27岁,在青岛全款买了房,在上海付了首付。虽然我极不愿意用钱去衡量一个人是否成功,但她在这个年纪取得的成就,达到的圈层和高度,确实称得上同龄人中的成功者了。

她经常跟我说现在的年轻人太不容易,时代的进步让社会分层愈发明显，而阶层与阶层之间的距离又在无限扩大，不像父母那一辈人，可能一辈子接触到的就是一个村子、一个镇上的那些人，大家的日子都差不多，没有太富裕的。

她当时跟我讲了一句让我印象特别深的话。她说："等你毕业进入社会了你就会发现，这个世界不可能是第一名与最后一名也能成为好朋友，因为月薪2万的人是不会跟月薪2千的人玩到一起去的。"

我当时若有若无地听进去了，一方面觉得颇有道理，一方面又因为自己还没完全进入社会而感到将信将疑。

后来，我努力在身边寻找着能证明这个道理的例子，也的确发现了。身旁一个特别想嫁入豪门的女孩，家境一般，是个小网红，真的使出浑身解数想要挤进富二代圈子，最终也只落了一场空。就连大学里，那个各种奖项拿到手软，总是系里第一名的人，也基本和那个成绩排在末尾、天天翘课的人，成了两个世界的人。

她还说，越爬上顶尖的人越会形成一个封闭的圈子，这个圈子就像一个大气层，保护着里面的人，隔绝着外面的人。

她从小到大都被打上了"优秀"的标签。我曾经问过她，把优秀当成习惯了的人，难道就没有什么烦恼吗？

她说当然有了，常常裹挟住她的，是那种被优秀支配着的恐惧。你害怕被同龄人甩在身后，害怕被你身后的人超越，当现实的处境与"优秀"这个标签带给你的惯性形成落差时，会变得恐慌，变得无所适从。

我想起她跟我讲过她研究生刚毕业时的情形。简历上本科和硕士阶段都是名牌大学，又有非常丰富的实践经历，那时候她以为自己不管怎么样，身上都自带光环，这个世界不会亏待她。后来，虽然找工作很顺利，收到 offer 无数，可她依旧不开心。

为什么呢？因为她觉得这些工作配不上自己寒窗苦读多年付出的那一切。当时，她有个高中同学，读完大专，跑去上海创业，她毕业的时候，那个同学创业小有成就。

她心里更不平衡了，觉得那些所谓的"优秀"标签、"名校"光环，到头来一文不值。

旁观的人可能会觉得她矫情戏多，眼高手低，欲望太强，想要的东西太多。但当我自己也身处学校与"江湖"的交界时，我发现我其实是理解她的。

怎么说呢，不敢用 100% 来概括，但大多名校出身的人多多少少会恐惧这样的落差。它算是一种很奇怪的心理，但却存在得那么普遍。付出了那么多，考上了一个优秀的大学，在大学里又那么拼命地爬到顶层，到头来，谁也不希望自己从高空坠落谷底。

名校光环会让一些人变得眼高手低，会让他们一时间难以接受这个世界，这是"优秀"的副作用。

昨天，我跟大学里玩得特别好的几个朋友去吃了散伙饭。饭后去其中一个朋友新租的房子温居，当我踏进她的家，看到她家的第一眼，心里面突然波涛汹涌。

房子虽然逼仄狭小，但却温暖。我说她终于要进入社会，成为都市丽人了。她摆摆手说,蜗居生活正式开始。

那一刻,毕业季多愁善感的情绪烘托着,让人脑海里满是畅想。

我想,一两年后,那时候的我二十四五岁了,不年轻也不老,也如同此刻一样,在上海或者某个城市的某个角落里,拥有这么一个小小的栖身之所,努力地想要在这个"钢铁"森林里扎下自己的根。

那时候的自己,会是怎么样的心情呢?

可正如你们看到的,我知道这个时代里大部分年轻人,没有富二代、官二代的背景,从小小的地方朝着大城市努力迁移着,大家都很辛苦、很疲倦。但包括我在内的他们,仍旧在努力地向上挤着。

我知道现在就算名牌大学毕业,也算不了什么,没有人给你打包票,包你走到最后一关。但是,我仍旧在努力地上着学、考着学。

因为这一切是在我们这个什么都没有的年纪里,为数不多的可以为我们的命运增添筹码的事情了。

那些曾经爬到山顶看过太阳的人,拥有难以理解的倔强。他们或许会爬得更高,或许会摔得更惨。但在他们身上,我看到未来不是走马观花就盼到的,而是用手创造的。

◯ 你那么美好，千万别说"我不配"

文 / 李娜

请相信，你配得上一切美好。

-1-

和菜头在《推门而入》一文里讲了他第一次打高尔夫球的故事——

他每天散步要路过一个高尔夫球场。印象中，那是有钱人的游戏：穿着几万块一套的球服，拿着十几万一根的棍子，把几百块一个的小球打进洞里，这样的洞分布在造价几亿的山水里。

他深信这样的游戏和他没什么关系。

可是每天听到球杆正击高尔夫球时发出的清脆响声，看着小白球高速飞出一道抛物线。直到有一天受不了诱惑，他鼓起全部勇气，冒着破产的风险走到前台，只是想尝试一下把球打飞是什么乐趣。

当他得知一小时只要200块，租一个球杆只要20块的时候，和菜头这样表达他的感受:"我突然觉得心跳平稳,血压恢复正常,世界一片祥和宁静。"

是的,我特别理解那种感受。

经历过物质匮乏的人,从贫穷的时代一步步走来,对一切太过炫目和精美的事物心怀畏惧,觉得那是有钱人才能拥有和享受的乐趣。甚至连生活中遇到一些美好的事情,都会不知所措,不敢相信会发生在自己身上。

-2-

读大学的时候,我很长一段时间不敢和同学去逛街,我害怕商场里那些明亮炫目的专卖店橱窗,害怕导购小姐殷勤的推荐,更害怕看到一件特别喜欢的衣服,标签上是我无法支付的价格。

我在一切美好的事物面前自惭形秽,觉得自己不配。

大学毕业后工作的第一年,和同事去逛街,我还是不敢在专柜试衣服。当时单位发商场购物卡,我都存起来,给爸妈买羊毛衫。

那是2007年,我给爸妈买的衣服,一两千块一件都不心疼,轮到自己,还是悄悄一个人跑到批发市场去淘便宜货,别人问起来,就说是原创设计师品牌。

后来有一次,我需要参加一个演出,被同事拉着去逛专卖店买衣服。我在一排排精美的衣物面前踟蹰好久,害怕拎起随便一件都是我无法支付的价格。最后我跑到试衣间忐忑地翻出吊牌，才发现，那些我一直畏惧的品牌，打完折后一件不过二三百块。

那天我终于松了一口气，从试衣间出来，大方而轻快地跟导购小姐说，这几件帮我包起来。

过去的那么多年，我们受到的教育，都是要克制自己的欲望，要习惯清贫的生活。

小时候，只有过年才有新衣服穿。

我印象特别深的是，有一年除夕，我起得很早，就为了早点穿上妈妈为我准备的新衣。

那件衣服，并不是多么美丽，只是因为它是新的，是一个小女孩期盼了一年的新年礼物。

我一个人站在乡下姥爷家的院子里，周遭一片清冽宁静，冬天清晨的风，吹得我流了眼泪。一阵甜蜜而孤独的感觉涌上心头，当时的我在想长大了要买好多好多衣服。

后来我长大了，赚了钱，经历过匮乏，经历过自惭形秽，也经历过疯狂无节制的消费。

-3-

记得 2 年前，有一天心情特别低落，然后就一个人去西单逛百货公司。

我当然不再害怕富丽堂皇的橱窗和柜台了，那天在 Dior 和

sisley试用了一堆护肤品,然后全部刷卡买下来。后来又去配眼镜,花几千块买了一副Gucci的近视眼镜的镜框。

当我可以为自己买一件奢侈品不心疼的时候,我终于真正释然了,但是我并没有真的快乐。

也开始明白,有一种疯狂的买买买,其实是对匮乏和贫穷的报复。

再后来,我慢慢走出匮乏和贫穷带来的心理阴影,也因为在北京买了房子,消费变得理性而节制。但是,我会定期请自己去高档的餐厅吃饭,给自己买质量上乘的衣服,每年安排几次旅行……

因为我开始相信,我配得上一切美好。

当我不再畏惧美好,我活得更加舒展和自由,好运也渐渐地来了,我赚到了更多的钱,过上了更加富足而自由的生活。

-4-

我的一位朋友也和我聊起过这个话题,她说她现在月薪3万,但是买双2000块的鞋子,还是会有负罪感,实际上她完全消费得起。

不止买衫买鞋,就连出去吃一顿500块的自助餐,花1000块看一场演唱会,她也会觉得内疚;假期出去旅游,会想到父母连飞机都没有坐过,她质疑自己是不是太过奢侈。

我们都曾在清贫的生活里浸淫了多年,耳濡目染父母的节俭和对生活深深的无力感，把超出基本生活之外的一切消费都视为"浪费"和"奢侈"，久而久之，我们本能地抵触那些太过精致美好的事物，潜意识里觉得自己不配。

我们都曾那么自卑过，觉得自己配不上美好的生活，不仅仅是物质上，还有感情上。

直到28岁，我都背负着"大龄剩女"这个标签，每天下了班之后最大的娱乐活动就是相亲。

走在北京热闹的街头，那些花团锦簇的繁华让我觉得内心更加孤单和漂泊无依。很多个晚上，我在路上走着走着就放声大哭。

父母的电话，三句话就会把话题转到结婚这个事情上，他们在电话那头唉声叹气，我在电话的这边茫然不知所措，所有的压力和委屈生生咽了下去，还要安慰他们不要着急。

看着同龄人都走进围城，我也参加过很多婚礼，每次的感受都是羡慕又嫉妒，怀疑那么美好的感情怎么会发生在自己身上？

单身久了，失望累积得太多，我有一段时间已经不再相信我会遇到幸福。习惯了一个人生活，习惯了身边没有人陪，习惯了不去依赖别人。我曾以为，也许这一生就这样孤单地生活下去了。看着别人出双入对，也会顾影自怜。

29岁那一年，我遇到了吕同学，半年之后，我们结了婚。

领红本本那天，心里竟然是格外的平静。下了班，我们去旋转餐厅吃了顿海鲜自助，就当是庆祝了。没有豪华的婚礼，没有蜜月旅行,可是,我却觉得,人生从此了无遗憾。因为,他懂得我所有悲喜的来路,支持我的梦想还有那些热望;我知道,从此我不会再一个人来抵抗那些生活的无常和坚硬。

当你觉得自己不够好,不配拥有一份美好的感情,可能是因为没有遇到那个真正懂得和珍惜你的人吧。

-5-

30岁这年,我们都离开了工作多年的行业,转到自己喜欢的领域重新开始。我每天坐在飘着白色窗帘的房间里写作,有人问我粥可温,亦有人陪我立黄昏。

忽然觉得,我曾经那么自卑、怯懦,觉得自己配不上好的生活,可是现在,我喜欢的一切都在眼前了:有一份热爱的职业,有一个互相懂得的爱人。回想一路走来,有过孤寂、怀疑和艰辛,也经历挫折、失败和泥泞。可我始终没有放弃自己,没有将就,亦懂得自省。

有很多读者向我倾诉感情上的困惑,她们说:

一路兜兜转转,千帆过尽皆不是,是不是,这一生注定要孤单至此?是不是,我再也没有资格获得美好的感情?

请不要怀疑,不要着急,请耐心等一等,也许下一个路口就遇见了呢。真的,无论你曾经历过什么,正在经历着什么,从现在开始,别再妄自菲薄,也放下顾影自怜。请相信,你配得上一切美好。

你配得上一切美好。

当你真的用全部的努力和信心,去拥抱梦想和希冀,不畏惧失败和泥泞,所有的美好都会为你而来。

一个人吃晚饭的时候,你孤独吗?

文 / 宋小君

假如要找出一件世界上最孤单的事情,我想大概就是一个人吃晚饭了。

我绝少跟人谈起自己害怕一个人吃晚饭这件事,毕竟一个大男人,谈起来显得矫情,我应当春风得意,豪气纵横才是。但我又想,男人也有脆弱的时候,天天要强也很累,偶尔说说心里话,抒抒情,也是一种治愈,顺便也能分享一些自己对于"一个人吃晚饭"这件事的心得。

2010年,大概是我迄今为止一个人吃晚饭最多的一年。

上海,徐汇区,徐虹中路。

在我往公司走的路上,要经过一家新华书店,那是我最常去的地方。

当时做编辑,逛书店是必修课,我看着书架上的新书,心里想着,要是有一天,我的书也摆在畅销榜的位置,我见到我的读者在读我的书,边读边笑,哪怕她不买,只是看看,我心里会不知道有多高兴。

再往前走,有一家卖鸭脖的小店,毗邻着自动取款机,每个月工资发下来,我取了钱,买麻辣鸭脖、五香鸭脖各半斤,拎着,鸭脖的香味传过来,我忍着,要等一会儿回家看电影的时候才吃。

转了个弯,有一个水果摊,水果新鲜好看,买2个苹果、4根香蕉、2个梨。不论在什么时间,新鲜的水果总是让人觉得心情很好。

继续往前走,田林十一村,一栋旧民居,窗外有一家永和豆浆,套餐数量有限,味道还不错,我常常光顾,点一份三杯鸡,就着鸭脖,这道菜我取名叫"鸡同鸭讲"。

一个人默默吃饭,看着外面的天色渐渐暗下来,汽车呼啸着来来往往,天空暗下来的时候,人们总是看不远。我想起自己茫然未知的前程,心里很落寞。

我那时开始,因为一个人吃晚饭实在无聊,于是就学会了一些本事。

譬如听旁边的食客聊天,人们在吃晚饭的时候,总是愿意说更多。

有人说起挣钱的方法,一本正经地谈论着怎么才能在挣钱这件事上,做到"道生一,一生三,三生万物"。

有人说起家庭细琐,丈夫的哥哥又来争父母留下的一栋房子,老人家还未百年,亲情就因为一处房产而日益单薄。

有人说起新来的女同事,中午看她吃饭是一种享受,细嚼慢咽,细数米粒,吃完了,撕一半纸巾擦嘴角。想要和她搭讪,又不知该说些什么。另一个人就怂恿,上啊,撑死胆大的,饿死胆小的。

听别人聊天,有沉浸感,似乎也就因此多过了几种不同的人生。

每一个人身上背负的回忆和故事,就是这一个人的纪传体通史,后人总会有意无意地说起,即便没有做出什么轰轰烈烈的事情,但每一段独特的经历都是可贵的。

譬如从头到尾翻一本菜单,像了解一个女人一样了解一个餐馆。

有的餐馆总是一成不变,十几道菜,厨师做起来漫不经心。也有餐馆想方设法挣食客的钱,一会儿劝你充储值卡,满300送50;一会儿又告诉你,今天满88元有折扣。

有时候,去吃一家不起眼的小店,可能是桂林米粉,也可能是沙县小吃。收银的小妹因为天热,穿得很少,额头上总有汗,妆花了来不及补,在收钱的间隙,偷偷看看手机,回几条信息,脸上还会露出羞涩的笑容。

譬如挑餐馆招牌里的错别字、异体字。

霓虹灯和红底白字的招牌,毫无疑问地拉低了整个城市的审美。尤其是小吃街,人们以便宜省事儿为第一追求,没有人在意一块招牌是不是好看。有时候招牌上还贴了小广告,或者是转租的电话。你就可以想见,主人可能经营不善想要脱手,又或是起了兴致,准备卖掉房子,开始周游世界。

我吃完晚饭,带着一肚子的食物,开始散步。

路上行人三三两两,一路走过去,我看见三五成群穿着校服的中学生,叽叽喳喳地不识愁滋味;看见一对一看就是刚认识不久的男女,男人穷尽心智地挑逗,女人羞涩地推却,却又宽宏大量地纵容;看见老夫老妻唠叨着新媳妇的毛病,老太太连珠炮一般地吐槽，老头背着手，一言不发，适时评价两句，一句偏袒着妻子，一句偏袒着儿媳，那是狡黠的人生智慧。

回到住处，明明很无聊，一个人却又不愿意早睡，在十五平米的小屋子里转来转去，消磨着时间。等"鸡同鸭讲"消化得差不多了，就吃个水果，想着心事。

我想着，我的朋友们都在家乡，我的恋人远在国外，唯一维系情感的只有越洋电话，患得患失，每一秒都感觉会失去她。

久爱成魔，日子久了，你就有一种独特的感应，一旦你感觉要失去对方，那可能就迟早要失去她。

到了冬天，越洋电话我也不必打了。

冬天不适合分手，在冬天分手往往会觉得冬天更冷。

我不再在外面吃晚饭，似乎是害怕被所有人看出来，这个boy刚刚失恋了。

但即便是失恋了，即便是一个人，晚饭还是要吃。我买了火锅底料，一个人窝在家里，抱着电饭锅吃火锅。牛羊肉贵，少买。丸子和蔬菜便宜，多要。

电饭锅是一个人吃火锅的最佳配置，煮丸子的时候，切记不要盖锅盖，否则丸子会肿胀成狰狞的模样。热气腾腾，吃着火锅，看着电影，温暖是从心眼儿里冒出来的。窗户上凝结着雾气，外面寒风呼啸着，吹不着我。一个人吃晚饭所带来的孤独，因为这一顿精打细算的火锅，立马消失了许多。

冬天不适合分手，不适合经历哀伤。但冬天一旦分手了，经历哀伤了，也不怕，好在我们还有火锅。一个人的火锅，也是火锅。

人本质上是孤独的，即便是每日里呼朋唤友，结了婚，生了孩子，总有一些时刻是要一个人度过的，也总有一些只有一个人的晚饭。

一个经历悲伤的人，可以硬气，可以麻木，但有时候会在一顿一个人的晚饭上情绪崩溃。

我后来又和室友在上海租了一个房子。

房东阿姨50多岁，很潮，未婚，和原本要老来伴的男友分了手，一个人回到上海。因为房子租给了我们，无家可归。就和我们商量，能不能让她住客厅。

我们连声答应。

房东阿姨在客厅里拉了帘子，摆下一张折叠床。

大概是觉得打扰我们，降了我们的房租，然后每天晚上给我们变着花样做饭，一会儿用电饭锅做蛋糕，一会自制烤羊腿，我们吃得受宠若惊。硬塞给房东阿姨食材的费用。

一天晚上，吃完了饭，阿姨突然说："你们住在这里，我很开心。你们不知道，我以前一个人回家，家里的灯总黑着，心里觉得凄凉。回到家，一个人也不爱做饭，就随便糊弄过去。现在我回家，看到家里亮着灯，心里很敞亮。能和你们一起吃晚饭，心里很高兴。"

后来，因为工作原因，我和室友前后搬走。

阿姨执意帮忙打包，联系快递公司，热心得我都有些不好意思。中午，阿姨执意又做了一顿饭，说什么也不肯收菜钱。

离开那里的房子,我也离开了上海,告别了浓油赤酱的上海菜,也告别了在上海发生的那些我再也忘不了的故事。

我去北京了。

虽然每年都到北京很多次,但真的要在这里工作生活了,一切又变得茫然未知。

晚上,飞机晚点,我一个人在等飞机,吃了一碗面,没什么胃口,但我还是努力吃完了。

以后再来上海,我就是个过客了。

我心里想了很多,原来一个人吃晚饭的时候,可以想这么多。

我回忆了我大学毕业之后,一个人来上海,怀着对前程的憧憬。

我想起了拿到第一个月的工资,我吃了一顿东北菜来庆祝。

我想起一个北方人在上海经历过的囧事,认识的朋友,未能功德圆满的恋人,还有辜负的姑娘。

你看,一个人吃晚饭,也有好处,毕竟直面一些回忆、静下来梳理自己,越来不是一件容易的事。

此后的日子,仍旧常常一个人吃晚饭。

我至少会努力做到两点:

就算不饿,也要吃,一个人也不缺席任何一顿晚饭;就算一个人,也不糊弄自己,既然要吃,就吃饱、吃好。

一个人吃晚饭的时候,兴许能了悟自己的人生。

或许你该像个APP，
只要还没下架，就不要停止迭代

文 / 面白

大四即将毕业的冬天，春节前夕，从实习单位回来的我，不知道是哪根筋抽了，激动得睡不着觉，拉着好朋友，坐在学校旁边通宵营业的咖啡馆里，奋力又刻意地写着年终总结和新年计划。

我边写边跟朋友聊天。

"喂，你说，咱们工作几年能月薪过万啊？"

朋友想了想，说："不能太乐观，咱们上一级毕业生，据说平均薪酬也就五六千，这么看，可能得四五年吧。"

我说："那我就取个短的，4年。"

低头，哗哗哗，写在本子上。毕业4年，月薪过万。

"那每年得有一次出国旅行吧？我到现在才只去过韩国和日本呢。"

"嗯，得有。"

继续低头，哗哗哗，写在本子上。每年要有一次出国旅行。

和高中的朋友保持联系，一起进步。

要发表论文，毕业论文还要拿"A"。

要坚持写作，能有一批喜欢我的读者就更好了。

要去最牛的行业。

要找个特别乐观的男朋友，对，乐观是不够的，要特别乐观。

要养猫，弥补我对小光（家里原来养过的猫）的思念。

朋友抓过我的笔记本一看。

"嚯，你怎么这么贪心啊？连养猫这种事都写上了。"

"对啊，因为我都想要啊。"

发自内心，特别特别想要。

可笑的是，我并没有因此成为一个野心家，这个未来计划的细项其实很快就被我忘记了。那个本子，被我连同大学教材一起搬回了家乡。从研究生到现在，再也没有打开过。

因为，工作之后的人生自然不会那么顺利。面对着不对口的领域，不熟悉的同事，严格的上司，还有因为可怜的工资交不起昂贵的房租只能住到五环外的尴尬……毕业之后，幸福指数简直降到了负值。

我收起了所有的骄傲，闷着头向前跑。

一眨眼，懵懵懂懂、跌跌撞撞跑到现在。距离无忧无虑，可以兴高采烈去畅想新计划的少年时代，好像已经隔了几万光年。

此刻，距离飞机起飞还有十几分钟，我无聊地翻动着手机。突然发现，有一个不常使用的APP，距离我上次使用，好像已经更新了好几版。

我点进去看这个APP的页面，吃了一惊。

大概是经历了多次迭代，它的核心功能更加顺畅，页面配置更加合理,内容甚至UI也有十分明显的进步——总之,它像"女大十八变"一样,脱胎换骨了。

作为一个流失已经将近半年的用户,我成功地被这次更新吸引住了。

我打开AppStore,查看这个应用最近半年的更新日志,于是再次有了一个惊喜的小发现,每次更新,都有一位工作人员,用无比欢快的语调向用户介绍产品的改变。

"我们采纳了用户×××的建议,增加了这项功能,希望它对你们更有用。谢谢这位用户,希望你还没有流失(期待脸)。"

"工程师秋风扫落叶般修复了数个bug,之前可能影响到你的问题,这一版都不见了,为他们鼓掌吧!"

"Hi你好!很高兴告诉你,这次我们又向前迈进了一大步!"

我一帧一帧地翻看手机里的APP列表,每隔几天,这些APP就默默更新自己的版本。我想象着他们的背后,是一个个支持这个应用不断迭代的团队。

每一次改版,都要经历数次争吵和确认,几个画原型、写文档的夜晚,以及无数行代码。

最终,这些努力汇聚起来,变成一张新面孔。

这很像和好友的见面。面对许久未见的人,如果你们热烈地诉说这段时间里彼此的进步,见识到的新世界,达成的新目标,这会让你觉得,结交这个朋友实在是莫大的幸运,他激励着你也努力寻找和分享自己生活中的新元素。

而如果你们每次见面,还说着旧事情,念着旧时光,紧张地谈论着后起之秀，彼此身上只能见证到时间的副作用——年龄增长或是容颜衰老，你大概下次再也不想再参加这样的聚会了。

人的成长应该像APP，这个比喻略显尴尬，但不会倒塌的人，的确都有着强大的迭代基因。未知可能带来失败，但他们从不畏惧，因为当他们找到方法站起来时，早已不是原来的自己了。他们稳定地修复着bug，更新着自己的版本，不断变得更大、更强、更好；细胞新陈代谢，概念层出不穷，一切新生事物，在他们这里，消化吸收，去粗取精，最后都变成和世界更美的交互。

他们从不惧怕世界带给他们的挑战，相反，他们热爱变化，拥抱变化，期待着变化为自己增加输入，带来养料，并从中寻找生命的意义。

我好像也在无意识中经历了这样的过程。

无论是被迫还是自愿，一直觉得能力不够的自己，每一年却也都完成了不小的学习目标。从财务、咨询、审计，到学习如何创业，学习互联网、大数据、金融知识，每一天，都感到面前堆满了知识的巨山。

年初，我出了一本书，算是给30岁的自己一个不错的礼物。

这个半死不活的公号，不怎么涨粉了，但也跌跌撞撞坚持着，一直没放弃。

年中，为了检验外语有没有退步，我重新考了一次日语一级。成绩出来以后，发现还算可以，阅读还是满分。于是开玩笑地想，好吧，也算没有还给老师。

时间过得飞快，不知不觉，这周已经是春节前的最后一次出差。

空乘提醒我飞机马上起飞了。我闭上眼睛，放下手机，准备眯一会儿。

说来也怪，眼前仿若走马灯，浮现出了本文开头那个场景。

还是学生的自己，一边遗憾自己缺少的，一边感恩自己拥有的，在寒冷的咖啡馆里，一笔一划，笨拙而真诚地书写着对未来的憧憬。

那时的我在一家国际协会实习，觉得毕业时最好的结果是，进一家稳定的企业，找个好男朋友，在北京定下来，早点买房结婚。

谁能想到，N年之后，发生在自己身上的变化，远远超出了当年的设想，而且，大部分都是正向的变化。

和朋友们非但没有断了联系，友谊还在不断升级，很多人还成为了工作上的业务伙伴。

我想每年都有能力来一趟出国旅行，结果现在不仅有能力去世界各地，还学习了如何探索水下世界。

我想进一家还不错的公司，希望从工作中学到东西，结果毕业以后跳槽的每一家公司，都处于自己行业中最优秀的梯队，上升行业的发展带动了个人经验和积累的迅速提升。我已经很久没看过银行账户，虽然挣得依然不多，但工作对我的意义，早已不仅仅是薪酬。

也不再精打细算每一笔钱或物的付出。衡量消费是否值得的标准，已经变成了这笔消费能够提升自己的程度。

  我不需要想谁能给我一个理想而稳定的生活，我自己慢慢过成了理想而稳定的生活。所以我不再天真地觉得这世界上一定会有个人能提醒我，帮助我，教导我；我现在觉得，每一个人既是老师，也是学生；最好的感情，是陪伴、分享、容忍，以及成长。

  许多年过去了，尽管在奔跑的路上，关于迷茫、焦躁、哭泣的记忆并不少于快乐的瞬间，但看起来，这个女孩儿，正在逐渐靠近那些年少时曾经憧憬的东西。

  在飞机离地的轰鸣声中，我闭着眼，继续回想那个在咖啡馆狂写的午夜。

  现在我确信，那一刻，上帝看到了我。

大部分时候，我好像看不到未来

文 / 面白

晚上9点，我正在客户办公室赶资料。

朋友发过来一条讯息，说小蓝单车那家公司跑路了。

"可惜，小蓝单车可是用户体验最好的呢。"

我已经连续在两家创业公司工作过。不幸挑选了"一将功成万骨枯"的环境，大家心里非常明白，创业公司等于生死未卜，创始人卖车卖房子，核心团队缩减工资都是耳熟能详的事，一瞬间觉得自己能改变世界，一瞬间又觉得自己世间最凄凉，起起落落，反反复复，一年在创业公司核心岗位工作的经历，丝毫不输在稳定企业工作两三年。

看完小蓝跑路的新闻，我看到合作的项目经理S发了条疲惫的朋友圈，赶紧和她通了个电话。S的压力比我大很多，在多个项目的重压之下，她大概快要撑不住了。在S虚弱的应答声中，我的安慰显得过于廉价，也怕自己陷入某种脆弱，草草说了句"先撑过这周"就慌张地挂了电话。

巧合。今天，有两个合作伙伴的朋友发给我同样的信息。

"有一秒我真的想放弃了。"

老大前几天跟我同步项目进度。我们聊完业务之后,他突然叹了口气,说:"白,我对不住你,我招你进来时,曾经承诺你,不会影响经营你自己另外的身份,你可以在工作之余继续做自媒体作者。"

"但是现在,呃,我知道……我们TMD加班快加成狗了……"我笑出了声。

他是个非常好的领导,时常提醒我们要做好工作和生活的平衡。

"老大,客气了。"

其实在进入大数据以及金融科技这个行业时,我就知道,自己今年的第二本书,以及年初对做大这枚公号的愿望,基本不会有可能。

自媒体作者成功的秘诀,除了才华,一定要甘于付出时间,最关键的,是要有对"成就自己"这个信念无比坚定的勇气。

这就使得自媒体圈子成就了一批自带主角光环、个性拔群的霸蛮个人。辛苦是辛苦,但是每一砖每一瓦都是为自己所砌。大家眼神很尖,语速很快,胆子很大。

我曾经有这样一群软实力过人的自媒体朋友(他们现在老有钱了呢),但是在职业生涯的半途,我为自己选择了一家乙方,选择了一个包含数据、科技和研发的"硬核"行业。

这个行业里的创业公司,给了我一个新鲜而残酷的发现:要习惯把坑留给自己,习惯用自己的努力去成就别人。

假如有人告诉你大数据、金融科技、AI很炫酷,那他一定不明白什么是真正的科技。最好的科技一定不是最炫酷的，而是最透明的，就像微信这样，它是空气，你在用它时感受不到它的存在，而没有它时，你感觉不便，甚至无法生存。

我们在努力的，就是帮那些炫酷的黑科技，尽快找到一条变成"空气式应用"的道路。

每一个行业里应用这些科技的场景都没有先例可循，这意味着大部分场合中你是懵的，并且要不由分说，做首先跳到坑里的那个人。

空气会跳出来说"我很重要"吗？

当然不会。

你要成就的并不是你自己的品牌，反而是和你八竿子打不到的垂直行业。作为项目经理，你需要懂点金融，懂点科技，懂点数据，当然还要非常懂项目和人员管理。但是在这个科技落地成"空气"的过程中，你所做的努力，是在业务人员后面的，是在阴影里的。

不深入一线，不做乙方，不去学习最新的科技，不真正挨一挨甲方的质疑，就无法切实体会到这种感觉。

直到你熬着夜亲眼看到系统上线，问题解决，方案落地，才会由衷地感慨："这些土里土气的工作，其实是非常酷的啊。"

高峰和低谷交替循环，阳光和阴影沉沉浮浮。

压力与成长齐飞，残酷与趣味并存。

这个行业因为有太多不确定性，从而逼你需要具备最充分的自主性，如果你只是等着，等着，希望你的老大告诉你哪里出事了，哪里停滞了，哪里需要你了，那么你永远无法真正解决问题。在新兴领域，每一个机会，一定是从自主发现问题开始的。

只要你愿意，哪里都会需要你。

你还会发现，你要安然接受一个现象。

项目失败，无法按时上线，那一定是你的问题；项目成功，有了新的突破，大部分则是客户的成绩；如果有竞争对手不要命不要脸地学习你，并且降低成本打入市场，你听着领导的话，看着标书的报价心里气愤地想骂人，但也没有办法。

你的工作只要和科技沾边，你的竞争对手就远不止同行业的后起之秀，除了甲方部门在争分夺秒，你的竞争对手，或许还有已经是生态黑洞的BATJ。

你不知道你什么时候能站稳脚跟，也不知道什么时候会被摧毁。你和队友互相打趣："我们这个行业，由于泡沫太多，喝奶茶都可以不用加盖了。"

要么退出，要么挺住。

成就自己不易，甘心成就别人更难，你要习惯自己不是主角，你要学会站在成绩背后。

不过，在这个看不清路的行业，反倒还能让人对一些朴素的原则重新有所领悟。

你会经常焦虑，你觉得被眼前的事压得喘不过气来，你觉得自己太紧了，下一秒就要崩了。

最好的排解办法是什么？

是忘记你对面是谁。

甲方、领导、朋友、下属、友商、你大爷、你爸爸……统统不重要,直接带着人冲上去做事,什么都别管,就是找你的大爷、你的爸爸……你的那些个谁,解释清楚你想做什么,让他们和你一起去做。

努力地,努力地去做。

他们不做,你就再解释一遍,两遍,三遍……

你每多解释一遍,每多做一点,你的焦虑就少一点。

真的,等你做完,你一回头,突然就觉得,哎,好像距离目标也没那么难,好像自己又被改变了一些,性格又完整了一些,又强大了一些。

或许也可以总结成一两句话。

能做什么,就做什么,千万别耗着。

做着做着,答案就会出来。

做完了,记下来,下一次给别人做,要做得更好,要做得不重样。

这个世界上根本没有什么"一篇文章教你秒懂×××"的秘笈,光鲜的成功背后,有的只是无数次试错和否认,无数次负重着互相试探队友,是否还要继续前行。

这些道理明确而简单,一分钟就可以说完,但是很难践行,在践行的过程中也会受到很多质疑和批评。

而我有幸,在这个行业中,在做乙方的过程中,一点一滴培养起了朴素踏实的人生态度。

这是比享受个人品牌带来的光环更安心的馈赠,因为在这个过程中,只要不着急,你也会在一边成就别人的过程中,一边成就自己。

你会知道"泡沫"过后,自己的人生旅程里能留下什么。

挂掉 S 的电话,写完最后一页 PPT,我深呼一口气,迈出××金融中心。

眼前是陆家嘴金融区巨大而闪亮的建筑群,"酒瓶子"和"瓶起子"大楼面对着我,放出耀眼而不真实的光芒,"超越巅峰"的字样在楼顶回旋,很有气势。

我看着眼前的景象,突然就笑了。

没什么。

千山万水皆可平。眼中星辰何须打光,根本不需用"巅峰"这种字眼来形容。

未来不是停在那里等你看见的,是让你去做出来的。

假如你也身处一个类似的行业,假如你在一家经营惨淡的创业公司,假如你第一次踏入社会,第一次谈恋爱,第一次做妈妈,第一次当老板,假如你现在正面临着从未见过的局面,和从未有过的困难;

你想逃跑,你想退缩,你想问天问地问为什么是我……

但你没有开口。

你心里很清楚,你不是完全没得选,你心里已经有答案。

你要的是那个质变的到来。

Part 2

难 以 割 舍 的 爱

水生与霍蕾

文 / 温凯尔

-1-

霍蕾在抽屉里找到一只玫红色的盒子,它在一堆存折、票据、针线包里显得尤为特别,盒身毛茸茸的,有半个拳头大。她端详了一会儿,打开,里面是一对戒指,她取出较小的一只,金灿灿、沉甸甸的,款式很旧,打磨也说不上精致,甚至略显粗俗,是结婚时水生的母亲给的,便也是上一代结婚留下的,到了他们这里,就更多了一些意义。

霍蕾看着它,将它戴在无名指上,却发现自己的手指变粗了,卡在关节上面套不进去,此刻仿佛不再属于她了。像一段过去的婚姻,忽然就停住了脚步。

回忆把她拉到新婚之夜,那晚水生躺在床上,浑身酒气,却压抑不住亢奋。他对霍蕾说:"终于把你娶回家了,这感觉跟结婚证真的太不一样了,你这样活生生的一个人出现在我面前,以后每个晚上都可以看着你了。"水生抓起她的手放在自己发烫的脸上,霍蕾看着他,看到了深情。她感觉自己双眼潮湿,几乎要落泪时，水生转身抱着她，与她拥吻，一同沉醉在爱的海洋里。不料霍蕾手指上的戒指在他背上划出了一道痕，疼得他嘶嘶叫。那枚戒指太过粗糙了，连尖锐的边角都未能磨滑。

于是他们在结婚第一个夜晚就把那对戒指放回盒子，塞在抽屉的角落里，从此再没打开过。

或许它们本就该属于流传，而不应扣在人的手指上。

东西太多了，只用一个箱子没办法装得下，特别是冬季的衣服，两件外套就占去一大半的空间。最后挑挑拣拣，只落得一些内衣裤，几件夏天常穿的衣服，两本爱看的书，再也没别的了。合上箱子后，霍蕾躺在床上，完全没有睡意。台灯光线变得那么孱弱，却充斥着强而有力的孤独。但有些光线总是好的，她并不想要关掉。

离婚是她提的，在2个月前。结婚快10年了，到了最近几年开始出现问题，那时候霍蕾依然相信婚姻之痒的存在，坚信努力熬过去便能克服困难，步入更稳固的关系当中。现在想来自己当初太乐观了。

12点一刻，水生回来了。"怎么这么早？"

"外面一直下雨，10点以后饭店就只有2个人在喝酒。你怎么还不睡呢？"

"正要睡。"

"小宝呢？"

"阿妈跟他睡了。"

"我先洗个澡。"

"嗯。"

苍白无力的对话,每天都在上演,像一部没有剧情的单一的戏。内容无非是饭店与小宝,再也没有别的了。仿佛有了跌宕,便搅和了戏份的真挚。

水生洗完澡的时候,霍蕾迅速把台灯关掉,背向他侧身假装入寐。她听见水生用毛巾擦头发的声音,微妙地在空气中迸发出一些炙热。

水生没有说话,他轻轻爬上床,翻了几页书,沙沙响。他看得很快,想必是没有认真在看。

"睡了吗?"水生终于开口了,霍蕾迟迟疑疑应了一声。

"东西收拾好了么?"

"太多了。"她说。

"没事,就放这儿吧。"水生仍在翻书。

"你一个人要把小宝看好,别让他在外面学得像个野孩子。"

"这你放心,阿妈也在嘛。你怎么跟他说的?"

"我说,我会离开饭店一段时间,你要听爸爸的话……"霍蕾说完这句,转身换了一个姿势。

这床太老了,发出的吱嘎声响格外生硬而陌生,在古老的房里回荡着,犹如声息的宿命,绑结着两个身体。

外面的雨又下起来了,力度之大像是要敲碎整个地面,风声凄凄厉厉,几近疯狂地拍打。水生没有说话,他合上书本,把自己这边的台灯也关掉,伴着暴雨声,迷迷糊糊地入睡了。

半夜里,霍蕾感觉自己的手被另一只温热的手握紧,她没有动,手心起了黏稠的汗液。年久的电风扇在摇摆,和风一阵一阵地吹过小腿。她睁开眼,借着窗外灰蓝的光,还能看见水生面容的线条,像一个用羽毛勾勒的男子那么温柔。可能以后再也不会有这样炽热的温度陪伴在黑夜了,恐怕会进入很长一段时间的失眠里。

-2-

水生醒来的时候,霍蕾已经走了,枕边还留有她的发香。他张开双手,倏然感觉床一下子空旷了许多,一个人睡确实有点太大。他再闭上眼,听见外面仍有孜孜不倦的雨水声。

生记饭店是水生结婚后一直在做的事,他辞掉城里的工作,与霍蕾回家一同经营。那年小宝刚好出生,特意把开张的日子安排在小宝的满月之日。双喜临门,他请了人在饭店门口敲锣打鼓,舞弄狮子,好是热闹。那天水生握着霍蕾的手,激动不已。

水生到饭店的时候,看见母亲坐在收银的柜台里面,与小宝一起写作业,只有阿飞一个人在招呼客人。阿飞是请来的员工,为人十分诚恳。但也就只有一桌,两人。雨太大了,连客人都少。他把伞挂在门边,地上多了一滩水渍。

水生问为什么小宝没有去上学,母亲说:"台风都打过来了,学校说要停课啦。"

大雨断断续续从昨夜一直下到现在,许多地方都开始转移人群,对面商铺的老板正把货架最底下的商品一件件搬走,好像全镇都在为一场即将到来的战斗做准备,蓄势待发。电视新闻在报道今年最强台风的走向,持续时间估计会在一周,已陆续有沿海地区发生洪涝及山体滑坡了,而未来仍然会有降雨及强劲的风力。

水生想起霍蕾,不知道她今早有没有上火车,担心她会受台风影响。他拿过手机,给她发了一条简讯。"你上车了吗?台风吹过来了,注意安全。"等了十分钟,不见有回复。小宝突然大声喊道:"这么大雨,妈妈去哪儿了?"水生将手机揣在手里转来转去,没有吱声。

霍蕾一大早就拖着行李箱,坐车前往火车站了。清晨的雨还没有很大,但是到了车站才知道铁路的南段受气候影响而停止营运,具体出发时间还要等通知。工作人员告知她,需要退票或改签的可在两天内办理。霍蕾在拥挤的候车厅里转了好久才找到一个位置,到处都乱哄哄的,地面又湿又脏,一股略带咸味的水腥气息弥漫整个大厅。她在椅子上打起了瞌睡,迷糊中收到水生发来的简讯。她合上手机,看见一对恋人依偎在候车厅的大门,那一刻往事涌上心头,她仿佛看见过去的自己与水生,双眼一下子陷入一片沼泽。

-3-

水位涨得很高了,下面几条街的人们都往高处迁移,生记饭店与这一条街的其他商铺所在的地势较高,成了人们躲避灾难的地方。

饭店不再做生意了,好在仍有足够的储粮,水生吩咐厨房做更多的饭菜免费提供给大家。这么多年来水生一直为生记饭店而深感骄傲,它是他与霍蕾早前在一起的时候就有过的梦想,那时候为了攒下足够的钱,在城里辛苦工作,没日没夜地操劳。唯一的精神支撑便是霍蕾一次次给他的鼓励,每一次都让他在迷惘中看见自己未来饭店的样子。

电视播放着受灾的地方,伤亡人数一直在增加,画面里他们的房屋被水吞没去大半,有些屋子已经坍塌,周遭的树木断成枝枝叶叶,看得叫人人心惶惶。水生也在看,心里念着霍蕾,却不敢给她打电话。这时一位老人拉住他的衣衫。

"怎么了,大爷?"

"谢谢,谢谢你啊,年轻人。"

"没事,你就在这里歇歇吧。"

"我是被人救上来的",老人说这话的时候,眼里闪着光,他没有牙齿了,整个嘴巴都陷进去,像一坨吸足水的棉花往下坠,"我看着我的儿子在阳台上,还来不及逃走,就跟着房屋一起被洪水淹没啦!"水生一时半会儿不知该说什么,他握着老人颤巍巍的手,在他闪光的眼睛里,看见一汪彷徨与痛苦的池水。

霍蕾在火车站熬了一夜,遥遥无期的等候让她心里不踏实。她到窗口办理了退票,打算等到天气晴朗再走。离开火车站顿觉大脑一片清净。她轻轻呼了一口气,在附近找了一家廉价的旅馆暂时落脚。洗过澡后她直接躺在床上休息,发现这张床大得跟家里的一样，一个人睡有点浪费。床单被褥都有浓浓的消毒液味，是没有太阳晒过的那种熙和感了，她将就着裹着自己。按下空调按钮，想起自己这样的一个离婚女人，如同一个从未学会飞翔的小鸟，离开窝巢便遭到雨水的袭击，努力学习控制羽翼的扇动让她倍感疲倦，疲倦让她很快走入梦境。

她梦见多年前曾经与水生、小宝一起到海边度假，住过的一家小旅馆，那间更为逼仄、更像密室的房间，到现在仍记忆犹新，墙壁上还有灰黑色的点点污渍，满屋子发霉的气味。那晚她与小宝都被水生的呼噜声吵得不能入眠，两人三更半夜里偷偷学着水生发出各式各样的呼噜，压低了声音咯咯笑。霍蕾是笑醒的，美梦总是让人感觉轻松。醒来看见手机有水生下午发过来的两条未读简讯。"过去一天了，你到南京了吗？整个广东都陷入一片汪洋了，生记饭店成了避难场所，我跟阿飞都快忙不过来了，但我很开心生记饭店可以让他们感到温暖。小宝很好，阿妈在照顾他。""今天有个大爷跟我说，他亲眼看着自己的儿子与房屋一同被冲进洪水里了，我看得出他很无助，就跟现在的我一样。他让我明白与家人在一起是最重要的。"

-4-

翌日上午一直都是阴天，人们都以为雨水将要消停了，纷纷站在门口，看着街道上的水流有没有减退的迹象。谁料老天爷一下子又发怒了，狂风卷得飞快，旋即下起了瓢泼大雨。饭店传来一片唏嘘。人们开始抱怨这场台风太过犀利,不带一点人情,啪啪,一下子什么都没了,留下的将会是狼藉一片。饭店门口,原本宽敞的街道成了一条浅浅的河流,颜色浑浊,上面还漂浮着垃圾。下面有几百户人家转移到别处,看着终日倾泻的雨水,不知何时才能重建家园。救兵们一边划着救生艇四处寻找被困的人,一边将食物与瓶装水运送到断电停水的地方。

霍蕾在旅馆里看着本地新闻,才知道灾情变得那么严重。电视机又小又旧,画面也不清晰,传出来的声音还带着奇怪的声响,将整个房间的气氛弄得过分的紧张。电视里出现了生记饭店所在的那条街道,商铺两边挤满了人,霍蕾睁大着眼睛走到电视机面前,但她只看到生记饭店门前站满了人,没有看见水生。她想再多看两眼,但画面很快就转换至其他地方了。

手机今天一直没有响过。他是放弃了吗?霍蕾想。或许自己也太过分了,明明收到消息也没有回复,明明还在火车站也不回家看看。但她心里哆嗦着,为什么他不坚持呢?起码让我知道他们是安全的呀。她伏在床沿边,看着窗外还未停歇的小雨,被风吹得歪向一边,如同自己的思念,软弱无力,却源源不断在脑海游弋。她总是这样回忆,而离开本身就是开启另一道载满记忆的门。

不知过了多久,手机在桌上唐突地振动了两下,她整个人即刻弹起来。"小宝发烧了,饭店里也没找到药,他一直喊你,阿妈又没有记性。"她着急地正要打电话过去,手机又振动了。"碰巧停电了,大半夜的,阿飞涉水到对面的药铺去,大伙都很好,举着手电筒为他照亮。现在小宝吃过药睡了,跟阿妈一起。"

霍蕾放下手机,松了一口气,发现自己原来一点儿都没有放下。从过去的两个月提出离婚开始,她已经在做心理准备了。这次回去南京,她打算先告知父母这事,手续的事情以后再办。但没想到遇上了强台风,计划一下子紊乱了,连做好的心理准备也被吹得一塌糊涂。不过是几天的时间,当下自己已经失去了判断力,忽然找不着方向了。

-5-

霍蕾站在旅馆房间的窗前,眺望着不远处滞留在火车站密密麻麻的人群,想起那年冬天的雪灾。2008年,在即将踏入农历新年的时候,南方突然遭到了暴雪的袭击,火车受阻而不能通行,成千上万回家的乘客都被困住了。整个广东到处挤满了人。

许多人没能回家,只好留在他乡度过春节。那时候漫天雾霭,气候冰寒,连风都是凛冽的。生记饭店同样没有做生意,为前来的人免费烹煮温热的餐食,希望他们在这里也能感受到温暖。除夕夜的前一个晚上,饭店来了一个年轻女孩,哭哭啼啼,说自己与男朋友吵架了,现在走散了找不到他,手机也关机,非常担心她男朋友被困在什么地方。霍蕾好好地安慰了她一番,见她可怜,又让她在饭店留宿。

"如果你不介意这些拼起来的床,便在这里过年吧,等天气好了，再找你男朋友，他一定不会有事的。"霍蕾说。

女孩答应了。不料晚上饭店快打烊的时候，女孩突然抱着水生哭了起来，"我一个人在这里很害怕，你留下来陪我吧！"没想到这个女孩会使这一招，也不知道她是真怕还是假装的。霍蕾把双手撑在腰间，看着水生，给了他一个犀利的眼神。

水生怯怯地松开女孩的手，说道："这里很安全啦，你一个人不会有事的，放心好了。"女孩哭得更厉害了，说水生根本不是男人，这点忙都推卸。无奈水生只好勉强答应她。霍蕾气得青筋暴涨，把他拉到一边，厉声呵责。水生说人家一个女孩子会害怕也很正常，而且她现在的心情一定也很着急，一个人，会想不开的。

霍蕾一副盛气凛然的架势，就是不肯让水生留下陪那女孩。最后，水生只好叫阿飞留下。阿飞放下手里的扫帚，一直瞪着水生。霍蕾想到这儿，轻轻笑起来，心想："不知道现在会不会也有这样一个年轻的女孩出现在饭店呢？"

窗外的雨没有那么大了，天色也光亮起来。楼下有一个小男孩，穿着浅黄色的雨衣，踩着一双红色的雨靴在坑坑洼洼的小水潭上踏水。有些行人经过，不幸被他溅到了水花。旁边的女人一直在拉他，他硬是不走。

透过大树的残枝，霍蕾注视着他矫健的小脚，抬腿的时候特别可爱，顽皮的样子仿佛小宝一样。霍蕾转过身子，闭上了双眼，满脑子是水生与小宝。

-6-

不知几时起,台风渐渐消散了,雨水变小,趋于停止。但救灾仍在继续。一直到第七天,街上的水位开始减退,许多地方陆续恢复水电的正常使用了。饭店里的人开始离开,大声大声地感谢水生,说日后必定常来光顾。有人问起为什么几天都没有见过老板娘,水生笑着摇头,不语。他又发了一条简讯给霍蕾。

"我好想打电话给你,但是我怕。我怕你不理我,不接我电话。我也怕你出事了,担心打过去是个坏消息。我为你祈祷,愿你平安。"

饭店走得只剩一位老人,正是那位没有牙齿的大爷,他站在门口一动不动,茫然地看着行人回家的脚步,消瘦的背影让人看起来好落寞。

水生想起他失去的一切,不免替他难过起来。

他走近老人,一只手搭在他单薄的肩膀上,他在微微颤抖,那双闪光的眼睛看了一眼水生。

"大爷,您还有亲人在这儿吗?"

"我,我想去看看房子。"

水生明白老人家念情,于是搀扶着他,跟他一同去看那坍塌的房屋。老人穿着一双胶质拖鞋,鞋底快磨光了,看起来穿了好久,走得特别慢,大概是不好穿的缘故。在水深的地方,水生便背着他过去。路过百货商店时,他还为老人买了一双新的凉鞋。但是老人再也找不到房屋具体的位置了,他站在一棵折去一半的大树旁,指着对面一排高高低低的瓦房,只有少数是完整的,有的甚至只剩一堆瓦砾。在他面前的,只是一片荒凉的残垣。

"我在这里,亲眼看着我儿子一点点往下沉,他逃不了,也还没有人来得及救他。"

"等到救兵再准备过去时,房屋已经塌了,洪水凶猛得离谱,像一个庞大的水怪吃掉房子一样恐怖,刚下水的救兵也被困住了。我看见他在水中挣扎……。"

"活了60多年,我从前的老伴离世也没有让我觉得那么不可思议。但比起病痛,我儿子算是幸运的吧?起码他受苦的知觉只在淹水的瞬间。"

老人的声音还算清晰,讲得很平淡。但是水生听见他心碎的声音,不知从哪一个字开始,"嘣"的一声突然爆裂开来。

-7-

火车正常营运之后,大厅又是人山人海,滞留过久的人们恨不得马上离开。霍蕾后悔把旅馆的房提早退了,无奈人太多,于是在附近找了个餐馆吃饭。

这家餐馆叫强记,霍蕾内心笑了一下,猜想老板就叫阿强。不管走到哪里,都会有生记饭店的影子。人一旦沾上了某些影子在心里,便不会轻易忘掉,它们是潜移默化的,在时光经久的沸煮下，成为身体的一个反射记忆。

"我今天上午在火车站排了好久的队，终于替大爷买到回家的车票了，他刚刚上车，回南京去了，原来他跟你同一个地方。你知道吗？那一刻思念就像这些长长的轨道，我多想再买一张去南京的票啊。"霍蕾看完这条简讯，终于忍不住了，热泪盈眶，什么都看不清。才端上来的饭菜她匆匆吃了几口，便往火车站赶去，她希望再见到水生，不管最后离开还是留下。

"大爷的遭遇让我明白失去家人是多么痛苦的事，人活在世上，总不能一个人孤孤单单地过，那样太寂寞了。"

"台风带来的灾难让许多人都成为孤单的人。我连续几个晚上都在饭店过夜，跟大伙一起。你走了之后，我再也没有回家去，一张床一个人，真的太孤单了。"

"火车站真的好多人，我希望你也在人群里，不管多难，我都会找到你，你的容颜在我心里烙下一辈子也擦不去的印记，你知道的，我爱你已到骨子里了。"

"但是此刻，你应该在南京了，替我向二老问好。"水生的简讯像涌动不息的催泪弹，一弹接一弹。霍蕾一边看着手机，一边流着泪，还要一边拖着行李箱，很是狼狈。台风过后的天气开始变得炎热，虽然天空还没出现明晃晃的太阳，但已经白得够刺眼了。洪水过后，地面上大量的垃圾与老鼠、蟑螂的尸体气味混杂着，蒸汽让地面蓄满一层恶臭。"里面太吵了，此刻我正站在中央广场，面对着那个大大的钟，它好像在提醒我，时间倏地一声，就飞走了，但我们的爱情困在这12个数字里从来就没有消失过。""小宝下周就恢复课堂,他也想你了。生记还是一片狼藉,我该回去打扫了。老婆,保重。"

霍蕾气喘吁吁赶到中央广场,看见水生靠在栏杆边上,在他身后,人来人往俨然一幅流动的水墨,筑成一道寂寞零散的人墙。

水生消瘦了,下巴长出浓密的胡须,连日以来照顾小宝,照顾饭店,照顾店里避难的人,让他一下子变得苍老起来。他身上的衣服皱巴巴的,那件T恤还是霍蕾两年前买的,领子洗得都快发白了。一场台风让原本分离的两人深深地陷入情感的纠葛里。

"水生!"

水生一个恍惚,朝着带有哭腔而又熟悉的声音的方向望去。不过两三秒的时间,霍蕾便看见他第一次在自己面前流泪,像个犯了错的孩子。那滴泪珠从右边脸颊滑过,像一颗短暂的流星,弥足珍贵得让人怜悯。

我和她的爱，在300路公交车上

文 / 牛魔王

-1-

春光明媚的四月，我和袁媛坐在湖光潋滟的北海之畔，不远处美丽的白塔倒映在平静的湖面，碧波淡淡起，白鸟悠悠下，杨柳吐翠、百花斗艳、草木争春、欣欣向荣，而我的心却是如此沉重，是的，如此沉重，沉重而心酸。

一转眼，我和袁媛来北京已经15年了，我们22岁那年，我考到北京读研，她从我们老家的一所三流大专毕业，来北京做起了北漂。

我和袁媛的爱在我们13岁时乡镇初中的女厕所里萌芽，从此一路疯长，像生命力最旺盛的野草，从不停歇，哪怕被无聊的男生当面说我们是同性恋也无所谓，哪怕被我们的男友吃醋也从未起过重色轻友的念头。哦，我们的男友不是我和她的男友，是我的男友和她的男友啦！闺密情再深，男人也还是不能共用的！哈哈哈！

我和袁媛的故事不是七月与安生的故事，我甚至有些鄙视电影《七月与安生》里那个爱上闺密初恋男友的安生。我和袁媛的故事只是两个女孩儿的故事，两个女人的故事，再普通不过。我们见证了彼此的青春、爱情，甚至人生，我们从未想过要背叛对方、伤害对方。对我们而言，对方就是我们最亲最爱的人，比父母还亲，比男人还爱。

13岁那年，我在学校的厕所里被几个高年级的女生霸凌，她们拿打扫卫生的桶舀了便池里的屎尿要往我身上淋，大笑大叫着说："看她以后还敢不敢抢别人的男朋友！"

可是，我连她们说的那个小混混眼大眼小都说不清楚，他只是在做课间操时跟我说过几句话，对几个跟在他屁股后面的男生说："这个女生不声不响看着楚楚可怜的，以后谁都不许欺负她。"

我从小父母离异，性格孤僻内向，虽然常有人夸我漂亮，可是我自卑得连走路都没抬过头。

-2-

我没有朋友，在遇见袁媛以前。袁媛是我们班的插班生，初二那年转到我们学校来的，她的父母去了外地工作，把她留给了乡下的爷爷奶奶。

老师安排她跟我同桌。

乡镇初中的厕所是那种一览无余的十几平米的大厕所，一个一个臭烘烘的蹲坑等着一个一个大大小小的屁股，没有水，只有蝇蛆。而瘦小单薄的我被两个比我强悍很多的女生扭着胳膊，不能动弹，耷拉着脑袋，无助得像一条案板上的鱼。

我的眼泪一串串打在厕所的蹲坑里，打在蠕动的白色透明的蛆上，我甚至觉得自己还不如一条蛆。没有人来救我，这世上从来就没有英雄，而我也并没有美到让那个小混混时时刻刻惦记的份儿上。

可是，这世上有袁媛。

袁媛进来了，我只听见她说"看到我手里的这块儿板砖没有？你们给我放开她，听到没有？姑奶奶这辈子就没怕过谁，不信你们就试试看！"

那一刻，我觉得13年来灰暗的世界变得五彩缤纷；那一刻，哪怕让我替她去死，我都愿意。

而现在，我和袁媛坐在北海湖畔，春风拂面，像轻柔的情人的手，她饱满光洁的额头被春日的暖阳晒得微微出汗，在阳光下晶莹剔透，像夏日清晨花瓣上的露珠。

她摘下头上的毛线帽，用瘦得骨节毕现的手胡撸了一下亮光光的脑袋，笑笑，有点热了，天气真好呀！

-3-

袁媛笑起来真好看，眼睛里的光能点亮全世界。24年过去了，袁媛再也不是当年那个天不怕地不怕的叛逆少女，可她一直是我心里最美的女神。

我想起她堕胎后第二天一个人挤300路去公司上班，50分钟的车程她站了50分钟，被身上散发着异味的猥琐中年男人揩油，急刹车不小心碰到别人的时候还被凶悍的女人骂。

她说三环的风景是她见过最美的风景，北京的繁华在她眼底像电影一般掠过。她没说那次堕胎后她哩哩啦啦流了一个多月的血，后来医生告诉她子宫内膜修复功能出了问题。她总是腰疼，生了儿子以后更加厉害。

那个让袁媛怀孕的男孩儿后来还是跟她分手了，他说妈妈不同意他找一个没有北京户口没有稳定工作的外地姑娘。

忙着找工作的我不知道那段日子袁媛是怎么度过的，我只知道她跳了槽升了职，她原来的女上司欣赏她的拼劲儿，帮她从下游的数据调查公司调到了上游的公关咨询公司，收入翻了两倍。

袁媛从来不跟我说她的难和苦，我知道在她心里，她就是我的精神支柱，而内向脆弱的我，一直都是那个需要她支撑和保护的小姑娘。

13岁的袁媛有一头黑瀑布样的长发。相貌平平的袁媛最骄傲的是她"若轻云之蔽月，飘摇若流风之回雪"的长发，还有那一对青春的小鸽子般的美好的胸。然而，如今，这两样她都失去了。

-4-

手术前，袁媛让我陪她去最高级的影楼拍了一套最贵的艺术照,只披了一层薄纱的她站在影楼布景的湖边,氤氲的背景下,好像一个不小心跌落到凡间的精灵。

摄影师是个帅气的长发小伙子,身上有一种艺术家的洒脱不羁的气质,中场休息时,我看见他偷偷跑到楼道里抽烟,沉默俊朗的侧脸上有亮晶晶的东西。

那天夜里,袁媛没有回家,住在我那里,我们一夜没睡,抱在一起哭了一夜,看着窗外一点点露出鱼白色。

2009年,这是我们来北京的第8年,我和袁媛都买了房子,她的在西城,我的在海淀。尽管背了一身的贷款,尽管都还不到70平米,可是,我们在北京有家了。

每每夜幕降临、华灯初上的时候,我站在27层高的窗台上,望着脚下灯火辉煌、美丽繁华的北京城,总是想起年少时我和袁媛挤在被窝里做过的那些色彩斑斓的梦,那两个偏僻小镇上的少女终于在北京扎下了根儿,不靠男人,只靠自己。

北京没有辜负那两个孤独的小镇少女,我们在这里圆梦,我们爱这座城市。

我们这么努力,只为了圆少女时代的梦,可是,如今,梦实现了,袁媛却要走了。

我想起那个为了要孩子跑了6年医院的袁媛,给她打促排卵针的女大夫漫不经心地说:"早知如此何必当初,年轻时不要,现在想要要不上了吧?"

人生如鱼饮水,冷暖自知,一帆风顺的女大夫怎么会知道,一个无依无靠,没有名校文凭、没有北京户口的小镇姑娘和同样外地农村出身的老公赤手空拳在北京打拼的艰难?孩子,对于年轻时的他们,简直就是不敢想的奢侈品啊!

袁媛的儿子是我见过最可爱的男孩儿,母亲节时,他叠了满满一罐子千纸鹤送给妈妈,装在透明的塑料瓶子里,和他纯洁天真的大眼睛一起守护着妈妈。

袁媛第二次手术时,正值她的36岁生日前夕,温柔摇曳的烛光中,儿子的双眼像夜空中最明亮的星星,"妈妈,你会死吗?"

袁媛强忍着不让泪水掉下来,"不会,宝贝,妈妈不会死,妈妈还要陪你很多年,看你上大学,娶媳妇儿,生孩子。"

5岁的孩子钻到妈妈的怀里,"妈妈,妈妈,你不要死,你等着我长大,我还要和你结婚呢!"

袁媛的老公低着头进了卫生间,我终于忍不住,走到病房外,蹲在楼道里放声大哭。

-5-

世间好物不坚牢,彩云易散琉璃脆。来北京15年,在我和袁媛最苦最难的时候,为了梦想一路狂奔的时候,命运没有为我们敲响警钟。

而现在,15年后的今天,我们都在这座梦想之城成家立业,毕业于三流大专的袁媛历尽千辛万苦才修到了国内一流大学的MBA,做到了外企高管,买下了北京的第二套房,当上了妈妈的时候,残酷的命运之神却扼住了她的咽喉,为她敲响了丧钟。

记得刚来北京时,我俩在朔朔寒风中顶着大雪往租住的地下室赶。2002年北京冬天的第一场雪,正如刀郎歌里所唱的,是我见过的北京最大的一场雪,空荡荡的300路公交车在三环上疾驰而去,黑暗无边的夜里,我俩唱着歌,给彼此打气,穿过狭窄无人的小巷,听那青春无敌的歌声在我们身后回荡,心头涌起一种骄傲的悲壮。

我不知道前面等待我和袁媛的是什么,我不敢去想,我只能闭着眼睛摸黑往前走。我宁愿相信,是老天爷心疼她这么多年跑得太累了,想跟她开个玩笑,让她好好歇歇。袁媛,这个从13岁起就拼命保护我的姑娘,在我心里,永远是神一般的存在。

2017年,是我和袁媛来北京追梦的第16个年头,这两个小镇少女终于成就了她们的梦想。

附记:

袁媛第二次手术后,化疗结束完,在一家公益机构做志愿者,帮助患绝症的儿童。她说,她知道自己快要离开这个世界,她活过、爱过、奋斗过,这辈子了无遗憾,没有白过。她最放心不下的,是她年幼的儿子,那是她此生永远无法割舍的牵挂。

◯ 下次再见你，谈笑风生不动情

文／麻绳先生

"好巧，什么时候来的？"

"马上要调去上海工作了，大晚上嘴馋就过来吃一点，说起来还没有好好跟你道别。"

"照顾好自己。"

"你也好好的。"

-1-

周深第一次见到小沁是初冬的夜晚。

彼时有个客户预约了晚上 11 点要过来文身，指定让周深来做。当天预约不是很多，天气又有些冷，到晚上十点的时候整个工作室就剩下周深一个。

距离客户约定好的时间还有 1 个小时，周深出去散散步，顺道去超市买瓶果汁。回来的时候看到有个女生扶着工作室的墙，这么冷的天气，她穿着单薄的针织衫，浑身发抖。

走近的时候，能很明显地闻到她身上的酒味，周深没来得及问她，她转身抓住周深的手，问他是否还在营业，她想在锁骨文个身。

周深扶她进工作室，让她在沙发上坐下，把刚买的果汁打开递给她："喝点果汁吧，或多或少应该能舒服一些。"

"你说我文什么图案比较好？"女生接过果汁喝了一口后重申了一遍她是来文身的。

职业敏感告诉周深不能答应喝醉酒的人提出的文身要求，更何况她显然只是临时起意。他说："一会有个预约了的客户要来，你先坐沙发上休息一会儿。"

女生也是乖巧，听了周深的话没有多闹，握着那瓶果汁不再言语。

过了一会儿预约的客户到了，是提前画好手稿的，要在左手臂掌根后边文一个潜水员图案，很简约的风格，大约花了一小时，等再送走客户，女生已经在沙发上睡着了，周深几番尝试叫醒她无果，无奈之下把她带回家，自己在客厅沙发睡了一晚。

家里沙发不大，周深躺在上面得蜷缩着身子，不太舒适，早上自然醒得比较早，煮了点番薯粥，买来酸梅汁。

女生醒后显得有些拘谨，小口小口啜饮酸梅汁，勺子也是在粥表层轻轻刮着，怕她尴尬，周深把目光投向别处，没想到竟听到了她的啜泣声。

周深急了："我保证昨天只是看你一个女孩子在外头不安全才把你带回来的，绝对没做半点坏事。"

女生说："我就是觉得，我和我男朋友谈了3年，还比不上刚认识的你贴心。"

"……"

周深不知该说些什么,索性不再言语,女生吃完后主动去洗了餐具,道了声谢谢,留下名字便匆匆离去了。

那有些慌乱的背影,倒是相当可爱。

女生说自己名字最后一个字是"沁",让周深叫她"小沁"就好。

"小沁"。

后来数日里,周深只要闲下来,脑海里就会像钟摆一般准时地出现这个名字。

-2-

周深大学毕业后在学长推荐下进了现在就职的文身工作室,工资待遇算得上中上,他性格又有些偏内向,便租了房子独居。

独居是件特别孤独的事情,一人份的粥不好煮,早上基本下楼随便买点应付或者干脆不吃;房间一般也就下班时候用得到,所以基本两星期才需要打扫一次。他鲜少参与下班后的活动,下班后时常站在房间里发呆。

那天早上小沁在,他破例煮了粥,饭后小沁洗碗的时候,他看着她的背影,忽然觉得这就是他想要的家的氛围。

大约一礼拜后,周深再次见到了小沁。

小沁进门的时候周深正在给客户文身,他文身的时候全神贯注,没有回头去看只知道有人进来了,很常规地说了句"您先在沙发上休息一会儿,这边马上就好。"

等到周深完成手头上的事情时,已经过去了两刻钟,他回头看见沙发上的小沁,先是一愣,很快嘴角抑制不住地扬起,他拿了瓶果汁打开递给小沁,说:"怎么,还是想文身么?"

小沁摇摇头:"不是不是,喝醉酒时候说的话当不了真,"她喝了口果汁,继续说,"刚好路过,就进来看看你,没想到得等半小时。"

小沁一脸笑意,看得周深反而有些不好意思了。他看了看排班表,今天的预约已经做完,他说:"走吧,一起出去走走,请你吃夜宵。"

彼时的街头华灯初上,起了点雾,那是一条相当直的路,朦胧间像是看不到尽头,风吹过来,周遭的行道树沙沙作响,煞是好听。

小沁穿得有些单薄,周深问她:"冷么?"

小沁把手插在口袋里,有些哆嗦,却还在逞强:"还好啦,你没听说过女生都是耐寒一些的……"正说着,周深把自己的大衣披在了她的身上。见这条道上的车开得有些快,他让她走在里道。

小沁用余光瞟了一眼周深,她说:"那天那个人在掌后文潜水员图案,有寓意么?"

"有点虐心吧",周深说,"她和她前男友都是潜水爱好者,后来她男朋友出了意外。她打算过两天去挑战一个潜水项目,等完成后就算翻过这一页了。"

"大多数来文身的人,都是想记录些什么吗?"

"大概是这样的,多多少少有些原因。"

小沁听了若有所思,不再提问。直到分开也没有再说太多话。

回到房间后,周深回想起这些点滴,有些遗憾又有些满足。

遗憾是自己太过木讷,找不到有趣的话题;满足的原因自然不必多提。

-3-

但很快这种夹杂在喜悦和期待中的情愫被打败,只是后来有一天小沁跟他说:"那天你跟我说,人们来文身都多多少少有些原因,我就想啊,男朋友和我分手是不是也有不得以的苦衷。"

说的时候周深正在拧瓶盖,愣了一下,继续把果汁递给她,说:"后来呢?"

"后来……后来我就花了点心思看看是不是有苦衷,但很挫败的是,并没有。"小沁把眼睛往右下方看了看,有些伤神。

周深知道,她始终还是放不下。

他照例提出陪她散散心,一路上两人各怀心事,很安静地彼此陪伴。

告别的时候,小沁说:"谢谢你。"

周深知道,谢的是他一路无言相伴,让她可以逐渐平静下来而过程又不显得孤单。

其实,周深也想说声谢谢,理由与她的无异。

再后来有一次,周深和小沁去吃饭,恰巧撞见小沁的前男友杜森,他的身旁已有新的女伴,相当的缠绵,一路走过来几乎是依偎在一起。显然他也看到了小沁,像是在前女友面前显摆如今自己过得有多好一般,他说:"介绍一下,这是我女朋友。"还一边冲着周深挑衅般意味深长地看了一眼,周深理解为:嫌弃。

那种眼神就像一个人看到自己丢在垃圾桶的东西被人翻出来重新当作宝贝一般。

小沁拽了拽周深的手,想假装情侣扳回一局。她的手指僵硬而冰凉,像是被人用枪口抵住要害。

周深看不下去,骂了杜森一句"神经病",战争一触即发,两个人打成一团,各自挂了彩,有路人拦住他们才住了手。杜森临走的时候还是不解气,骂了小沁一句。

小沁上去扶周深,周深拒绝,见小沁像是有话要说,他问:"怎么了?"

小沁看着周深的眼睛,很快又把目光收回,迟疑再三,说:"这下,我和他是彻底没机会了。"

"……"

两人异常安静地吃完饭,周深赌气,好几次小沁找他搭话,他都不答。饭后他说送小沁回去,小沁谢绝了他的好意。

回家后周深关了灯,对着窗玻璃发了许久呆。他伤神的时候总是这样,什么也不做,一个人看着窗外的万家灯火。

后来几天他做完手头的预约就下班,不再像往日一般刻意稍作停留。

可工作的时候,他时常往门外张望,然后无声地回过头。

两人之间发生的故事就像南柯一梦,梦醒后了然无痕。

-4-

再次见面是在晚上11点的烧烤店门口,两人迎面走来,四目相对只是一瞬,像触电一般瞬间甩开。即将错身而过的时候,周深说:"聊聊吧!"

小沁站住,把目光重新放回周深身上,几乎是没有犹豫,她说:"好。"

两人在烧烤店里坐下,小沁很安静地讲述了她和前男友之间的故事,一段很平淡的从大学时期开始的感情,曾经这个男人的确细心地呵护了她,许她一段时光佳话。

周深打住小沁的回忆,他说:"可他终究还是辜负了你。"

"……"

"都过去了。"许久,小沁说,"你呢,还没有喜欢的女孩子么?"

周深哑然,看了看小沁,又端起杯子喝了一口,含糊许久,终于话到喉口的时候,小沁说:"缘分这种事,急不来的,嫁给你的女孩一定会特幸福,到时候一定记得叫我喝喜酒,我给你包大红包。"

周深懂得,即使小沁的心不在杜森那了,也没有转移给他。

往后周深和小沁依然时常见面,周深心照不宣地关怀她,听她讲工作上的烦心事,听她介绍哪里哪里又开了家新餐厅,听她说她有了新男朋友。

那是个个子算不上高,有些文艺气,看上去有些傻傻的男孩子。

她说那个男生是她的同事,追求了她许久,自己也有些喜欢上了他。于是她把自己上一段感情讲给他听,想看看他的反应。

男生的回答土得掉渣,他说:"抱歉,我来晚了。"

小沁当即决定和他在一起。

婚礼那天,周深开着车跟在送婚队伍里,他的车子与其他车子一般,一身红妆,仪式般缓缓而行,千万种祝福,尽在其中。

车内没有放音乐,异常的安静,他悄悄说了一句:"祝你幸福。"

-5-

后来的周深很少再见到小沁,无聊的时候他就带着纸和笔去咖啡厅,把咖啡厅里那些陌生人孤独的瞬间画下来。

那天我在咖啡厅看见他的时候他正在画一个女孩,长发,穿着针织衫,手里拿着一瓶没盖子的果汁很安静地坐在沙发上,眼里有光,朱唇微启,似有千般言语尽在其中。他拿着橡皮擦了擦女孩的眉眼,像是觉得不够到位。

我环顾四周，并没有这样一个女孩。我在旁边坐下，他很职业地说了一句"稍等"，然后自嘲般一笑又说了声"不好意思"。

我觉得这人还蛮有趣，就坐在边上看他完成了这幅画，把笔放下的时候，他吹了吹画上残留的橡皮，会心地笑了。

我问他："这是你朋友么？很漂亮！"

那天的他特别有兴致，不放过细节地跟我说起他的这段故事，全程平和直叙，却又好像所有的悲喜都在里面了。

等他说完，我问他："你后来来咖啡厅画那些陌生人干吗？"

"不过画自己罢了。"

相识后我们时常会一起去喝喝酒聊聊天，看得出来，他在努力让自己更擅长表达一些。也是喝酒的时候，我见到了小沁本人，的确相当漂亮的一个人，眼神里透露着一股天真劲儿。

她来见周深的时候向来是一人前来，没让丈夫陪同，她说她和她丈夫说过和周深之间的故事，丈夫也相当信任她。

想必，后来她遇见的那个人，是个良人。

周深的画作精进地特别快，刺青设计也越发得客户青睐，许多人点名预约他。他没有自立门户，而是继续安安静静地做事情。

-6-

后来周深要被调去上海总部工作，至少待两年，半夜十二点半叫我出来陪他聊聊天，说心里头还是有些放不下。

我想了想，给小沁编辑了条短信，"周深马上要调去上海工作了，我们在烧烤店，来道个别吧！"

许久不见，周深的腰身宽厚了不少，细看他眼眶有些发黑。

"最近睡眠质量不大好。"他解释道，顺手打开一瓶椰汁递给我。

"今天不需要喝点酒么？以后该有好一阵子不能一起喝酒了。"

"不喝了，还是清醒一点好。"

他显得格外健谈，从身边事聊到晚间新闻，却一直没有提到小沁。吃到后半场的时候，小沁一个人来了店里，找了个位置坐下，点了些吃的，也不玩手机，很安静地坐着，像是在想些什么。

我问周深："这次要走你有跟小沁说过么，要不要过去聊聊？"

周深看着小沁的方向，眼神有些躲闪。"算了。"他说。

临走的时候要去柜台付钱，不可避免地经过小沁的位置。彼时小沁刚好抬头看见周深，周深也瞟向她，四目相对，我以为会有相当长时间的对视，但是没有。

小沁说："好巧，什么时候来的？"

"马上要调去上海工作了，大晚上嘴馋就过来吃一点，说起来还没有好好跟你道别。"

小沁张了张嘴，她想问他为什么不来和她道别就悄悄离去，话到了嘴边却没有说出，为避免尴尬，她夹了块年糕往嘴里塞，咀嚼许久，只说出一句："照顾好自己。"

"你也好好的。"周深说。

器官

文 / 狮心

-1-

父子两个都在等一个肝。

儿子还好,父亲的脸上呈现出一种极端的黄色,他躺在床上很少动弹,一看就是肝硬化严重。儿子偶尔下床,把父亲伸出被子的脚给塞回去。

两人沉默不语,一如安静的楼道。

3个月后,等到了肝源,按照国际医疗排序,肯定是父亲先享用肝移植。但术前一周,父亲选择了吞药。

因为即便肝这块救好了,其他的方面还有几处疾病。

第二个原因更直接,他们家砸锅卖铁都只够一个人肝移植的费用,已经没有办法再负担第二个人的费用了。

如果自己用了,就是堵了儿子的活路。

后来,在没人的地方,我问徐凯,为什么人在没肝源的时候选择活着,在有肝源的时候却选择去死。

徐凯告诉我,有的时候,人害怕的不是绝望,反倒是希望。

-2-

我的工作是人体组织剔除员,说得不专业一点,就是器官移植人员。相当小众的职业,由师傅带着领进门,师傅现在已经退休了,几个大医院的口子,都由我去堵上。

我每天看到的都差不多是这种,明白人类对于器官的渴望是源源不尽的,那些鲜活的东西在某些时刻比金银财宝更可贵。

师傅说,器官是健康的货币。

我的性格很奇怪,难以与人触摸,但触摸人体内的器官组织,却不会觉得不舒服。反倒有一种在家里的舒服感。师傅说,这职业挑人,我确实非常适合它。

2015年,国家禁止了从死囚身上获取器官,自愿捐赠成了唯一的合法来源。

在网上,一大片人在叫好,但是没有人看到肝源、肾源移植的等待者们,全部呈现一种绝望的神情。

人永远不能被简单地解读。

董冬来的时候,我最初没有在意,只是在办理系统时,工作人员说要让家人前来陪同办理手续,她说只有自己一个人。工作人员一开始不理解,随后旁边的人说,可能是父母双亡的孩童。

像董冬这样的年轻人应该是不可能第一时间获得匹配的,但登记了十二天,就有适合的肾批下来,说是有人专门给她提供的肾源。

"指名道姓是她？"

"对。"

徐凯也是操刀医生，这么快就能得到供体器官的情况很少，徐凯也觉得惊讶。

"也许是她男朋友。"

"那作为男人，我觉得很牛逼，我是做不到帮我女朋友切肾。"

董冬也特别感动，想要找到捐肾者，却发现不是男朋友。她的男朋友知道这个消息之后，已经慢慢地不再回复她的短信了。

也不是同事，当然了，也不可能是她那些个关系寡淡的同事。

朋友？她有一些交心的朋友，但没有人可以为她做到这种程度。

董冬拜托我去帮她查询一下到底是谁在帮她，她希望下个月做移植手术之前，可以亲自道谢。面对面说一声谢谢。

我和她说，我尽量。也装作在努力找。但其实我早就知道了是谁捐献给董冬的。那个男人让我不要告诉她。这是捐赠时的唯一要求。

董冬的父亲没有死，只是现在在监狱里服刑。

当她还在襁褓中的时候，董冬的父亲就杀死了她的母亲，董冬出生的时候，只有姥姥在照顾她。被判了无期徒刑的父亲，在董冬的人生中是缺席的。

她硬是没见过自己的亲生父亲一面。

董冬与父亲离得最近是在 15 岁的时候，北京有一档电视采访节目，主题是：亲人犯下无期，他们的留守儿童。

那期节目，编导采访了 4 个孩子，让他们去见一下在监狱的父亲。董冬也是其中一个女孩，她本来跟随记者团一起去到了监狱，但当摄像机一打开，监狱的铁门还没打开的时候，她便往人少的地方跑走了。

我在教职工办公室看着这一期节目，很古老了，画质也相当得不清晰，监狱大门外烈日炎炎，只看到董冬细小的背影越来越远。

电视里那期节目最后一段是董冬的采访，记者问，你有没有恨过自己的爸爸，她对着镜头想了会儿，说："不，只是对这个人陌生，没什么感觉。"

但是她撒谎了。

在她废弃不用的一个微博上，她这样写道：

我恨我的父亲，他从我出生起，就不在我的生命里，被判了无期徒刑。

如果可以，我希望杀死他的不是时间，而是我。

-3-

我从很久之前就认识老董了。

那些年，我刚 20 岁出头，跟着师傅做人体器官切除。那时候，死刑犯的器官源是最好的，年轻、健康，比起老死的捐赠者的器官来说，要受欢迎很多。

每次有人被枪毙，我和师傅都要赶着时间去监狱，穿过一道铁色的大门，进入临时手术房，将所有的器官拿出来。

老董是模范罪犯，每次推送尸体的都是他。

他见证了我第一次"手术"的过程，那次的对象是个刚死的年轻人，甚至比我还年轻，那对眼睛在看着我。我从他的身体内，掏出还在跳动的心脏。

我的手抖个不停。

老董张望四周，偷偷摸摸从口袋里掏出一根烟。

我知道，烟对于囚犯来说，是很珍贵的东西。

那之后，大多数的合作，老董都在旁边。有一次风雪天，因为那天枪决的人数较多，缺冰块，老董和狱警一起去取推车，送冰块来。

有时候我会忘了，其实他也是一个酒后暴力杀妻的杀人犯。

-4-

董冬一直在问我好心人是谁，我不知道该怎么说。

但我明白，她总有一天会知道。

"你就不打算告诉她么？"

"我怕多生出点事情，或许是嫌我的肾不好，就不要了。"

"你怎么这么想？"

"我不知道我这个女娃咋想的，我没教过她，只能想最坏的。"

囚犯要进行自主肾移植,在我们这个小地方尚属于首次,需要进行申请。

"登录到了配对系统是一回事,实际进行手术是另一回事。"

"我不懂这些,我就知道你赶紧把这里拿走。救我女儿。"

老董指着自己肾的地方,直愣愣看着我。

"我不求她原谅我,我只要她活。"

-5-

董冬是一个很倔的人,她一定要知道是谁把肾捐献给她的。

我实在不擅长和人深入交流,最后无奈撒了一个谎,说是国外的一对丧子夫妇,在离开中国前,把儿子的器官都捐献出来了,想给同龄的年轻人。他们已经离开中国了。

我本以为她会死心,但她竟然托国外的朋友去查我报出的姓氏。

自然是找不到的。

移植前的最后一个星期,董冬似乎明白了什么,一再问我,到底是谁给她捐献的肾。

我道出了真相。

董冬很惊讶,沉默了许久,很久都没有表态。

"你如果拒绝的话,可能要等4年以上。"

"我不想欠别人人情。"

"你就随便当成是一个别的普通人。"

"只有他,我不想说一声谢谢。"

"那你试试心安理得地接受,他也不求你一声谢谢。算是补偿的。"

"混蛋。"她骂了出来。

-6-

手术的批文也下来了,允许保外就医一次。老董和董冬都愿意。

两人一起躺在病床上,中间隔着一道帘布。28年,两人第一次见面,这是距离最近的一次。

"准备好了么?"

我和徐凯带着橡胶手套,把帘布拉开的时候,两个人都扭着脸,以一种极度扭曲的角度不看对方。

我看到董冬还在玩手机,看起来和平时没什么两样。老董半辈子在监狱,没有手机,就盯着天花板看。

我感觉空气很凝重。

"准备好了么?"

又问了一遍。

"好了。"

老董的声音有点糊。

我开始工作,给老董打了麻醉,他的身体放松了下来,属于老年人的那种独有的厚重的味道也淡下来了。我用刀在他的身体上画了边缘,涂上酒精。

慢慢的,刀切开了肉,手越过脂肪,进入到身体内部。

董冬一开始在玩手机,但慢慢地,手只是举着手机,没有再点击。

徐凯帮她消毒,却发现这姑娘眼睛红了,慢慢地眼泪流了下来。

"好了好了,我们这边也要开始了。"

老董的身体还在起伏,他嘴里念着女儿的名字。

"董冬。"

"董冬。"

我听到董冬捂着嘴在哭。这辈子,老董第二次见到了女儿哭,除了妻子在产房时,就是这次了。

都是在医院。

-7-

肾移植很成功,毕竟是血亲,匹配度很高。

术后,老董在监狱恢复身体,他和狱长、狱警的关系都不错,偶尔卖卖烟,做做劳动赚点积分,可以申请减刑。

挺好的。

除了一点,其他狱友逢年过节,都有家里人去探望,而他只是一个人。

过去几年,我会偶尔去看看他,但今年,我看到一个熟悉的身影站在监狱的大门外。

"你来看你爸么?"

"对啊。"

"我想他会挺高兴的。"

"我小时候从这里逃走过,今天不会了。"

我不擅长和人打交道,但职业使然,和器官打交道,总是会遇到这样的世故人情。

偶尔想想,也挺好的。

一个乞丐 ◯

文 / 年初九

世间能够浪漫的,不只有爱情。

-1-

遇见文叔的那日,我正和其他几个小乞丐争抢一个白面馒头。馒头不似苹果那般坚硬,因为过于用力,被我们几个捏得粉碎。我们枉费了一身力气,最后却只能捡些碎渣。

文叔跟我一样,也是个乞丐,不过他是个上了年纪的乞丐。据我目测,他大约得有40岁。他饶有兴致地看着我们几个哄抢。我真是讨厌他那张又黑又脏的脸,一脸褶皱,比街边的老树还丑。

我才不和一个糟老头一般见识。

我抬头看看天,蓝得耀眼,明晃晃的日光闪得我打了个喷嚏。我每吃完一顿饭都会抬头看看天。这是跟一个老乞丐学的,他说行乞的人,都是靠天活。他每吃完一顿饭都会双手合十,态度虔诚地说上一句"感谢上天保佑,还能看到明天的太阳"。

我只是个6岁的小孩,哪里懂得那么多。我只是单纯觉得,太阳是个暖人心的东西，我希望每天都能看到它。

旁边有几个小孩子争抢玩具，大人们哄笑着。真好，我打心眼儿里羡慕。同样是小孩，他们为了娱乐抢玩具，我们为了活命抢馒头。

我被玩具吸引，慢慢地靠近。大人们露出嫌恶的模样，把孩子们往远处拉了拉。

有多了不起，我才不稀罕呢。等我长大了，有能力了，就买各种各样的玩具，我才不跟别人抢。我也是个有理想的小乞丐。

"小孩儿，过来。"是文叔叫我。

我瞪他一眼，我讨厌别人对我呼来喝去。尤其像他这样没礼貌的吆喝。

见我没反应，他从身后拿出一只布玩偶，是个猴子，有长长的尾巴。我不知道它是哪部动画片里的主角。源于它尾巴很长，约莫能打三个结，我叫它长尾猴。

小孩子总是抵不过玩具和糖果的诱惑。我马上向他靠拢，对他示好。

"拿去玩。"他龇着大白牙。

他的脸也太黑了，我想大约他以前挖过煤，被煤熏的。眼睛倒是炯炯有神，笑起来，两道剑眉精神抖擞。

我接过小猴，挨着他坐下来。我收获了人生中第一只玩偶。

"好玩吗？"他问我。他的头发上虽沾满阳光，却并不光亮顺滑。

"不好玩。"得不到的时候羡慕得不得了，得到了却又觉得索然无味。它们的区别就只在于,得不到的时候只能小心翼翼地摸摸,得到了就可以肆意玩弄,没有了未曾得到时那心动的感觉。我想我一定是个早熟的孩子,拿到玩偶的那一刻仿佛就长大了。

"小臭孩。"他咧着大嘴巴笑了笑。

"臭老头。"

然后,我们一起仰天大笑。阳光铺了一地,灿烂迷眼。树上的鸟儿被我们逗得喳喳叫。

-2-

春季里的日光很短,来不及打招呼就匆匆而去。

日光走了,风便开始耀武扬威。趁机钻进脖子,钻入胸膛。我把身子使劲缩了缩,衣服太单薄,还是冷。得找个避风的地方待着。

"给!"我准备起身要走的时候,他从他的破包里拿出一件破夹袄。

我赶紧穿上,虽然很大,但是很暖。

我冲他嘿嘿地傻笑着,突然觉得其实他也没那么讨厌。

"你几岁了?"

"6岁。"其实我也不知道自己到底几岁,6岁也是别人的猜测。于是我就使劲记着我是6岁。如果不是遇上文叔,我想大约我要过好几个6岁。

文叔叹了口气。我觉得好玩，也学着他的样子，叹了口气。

"小孩叹什么气，走，我领你去玩儿。"他在我脑袋瓜上敲了一下，有点疼。

反正我无处可去，就跟他走了。他带我来到一片废旧的破厂房，他说这是他落脚的地方。

地上堆着一堆杂物，不知道他是从哪儿倒腾来的。好像还有玩具，小汽车、小手枪、带有卡通图案的各种铁盒。

"拿去玩儿，小孩儿。"他笑眯眯地说着。

因为得到了一个长尾猴，我对这些玩具已没了兴趣。

一个人住这么大的房子，也太奢侈了，所以我准备搬进来。

"我也想住在这里。"

"叫叔叔我就让你住。"

"叔叔。"

"乖小孩儿。"

从此以后，我和他相依为命。

他叫许辉文，我唤他文叔。我没有名字，他就叫我小孩儿。

他给我扎了小辫儿，他说我是个女孩，应该扎个小辫儿。虽然扎得难看，我还是满心欢喜。

我们一起流浪，一起追着流浪狗奔跑。一起等日出，一起看日落。跟了文叔，我再也不用为活命跟那几个小叫花子抢夺食物。

除了讨饭，文叔还会去翻垃圾桶，捡些瓶瓶罐罐，然后把它们卖了换钱。运气好的话，还会捡到几件像样的玩具。

于是，那个夏天我吃上了人生中第一支奶油冰棍。那冰凉甜蜜的感觉在舌尖上跳跃着，成了我童年里刻骨铭心的记忆。

-3-

文书带我回他的家乡，是因为有一次我偷偷溜进了一所学校，被人发现后赶了出来。我不明白为什么其他的小孩儿可以进去，而我不能。我坐在路边嚎啕大哭，用近乎撒泼的模式。一定极其难看，因为有好几个人是特意避着我走开。

文叔闻声赶来，还以为我跟谁打架了。我指着不远处的学校跟文叔说，我想进去。文叔看了看学校，嘴角轻微嚅动了下，并没有说话。替我擦了泪，就拉着我走了。

"小孩儿，你想上学？"一天，我们倚着墙晒太阳的时候文叔问我。

我看着文叔，使劲点了点头。

我真羡慕那些小孩儿，他们衣着整洁，他们手拉着手围在一起唱歌跳舞。这种感觉跟想要得到一个玩偶是截然不同的，不是看一眼就会满足，反而是会让我更深陷，越来越想要融入。

文叔似乎很忧伤，至少在我看来，不似往日那般乐呵。过了很久他才说了句："好。"

那时我已经迷迷糊糊睡着了，也没能理解这个"好"字到底是什么意思。

第二天，文叔很早就把我叫了起来，说要收拾收拾回他的老家。他提着从垃圾堆里淘来的破壶,去旁边一个工厂的水房要了壶热水。

"小孩儿,把头洗得干净点。"他叮嘱我。

我洗完后,他拿把破剪刀把我打结的头发都剪掉了。因为剪刀有的地方生了锈,有时候会夹到头发,我疼得龇牙咧嘴。

这下不能让文叔给我扎小辫儿了,我摸着极短的头发,叹息了一会儿。

接着,他也把头洗了,自己对着玻璃的倒影,比划着把头发也剪短了。参差不齐的模样,看上去有些奇怪。我们看着彼此的新形象哈哈大笑。

他换了身衣服,有些破旧但是干净,然后给我也找了件干净的衣服换上。

就这样,文叔背着两个大袋子走在前面,我跟在后面。我们坐上了一辆客车。

我问文叔,我们这是去哪儿。

文叔说,回他的老家,要带我回村里上学。他说完憨憨地笑着,依旧龇着大白牙。

我雀跃着,心跟着客车的颠簸起伏了一路。

下了车,我跟文叔走了很久,路过好几个村子,才到文叔的老家。文叔说他以前就住在这个村子里。

对于文叔和我的出现,村民很惊讶,他们很多人以为文叔死在了外面。还说我是被文叔拐来的孩子。他们说文叔是个无赖,暗地里告诉我离他远一点。我才不听他们挑唆,我知道他们瞧不上文叔，就因为他是个讨饭的。

文叔带我去大队跟大队书记说，他回来想给我落个户，然后送我去上学。

村里不同意，说我来历不明，根本不可能落户。

上学也远没有文叔说的那么简单。钱是一个问题，主要问题是他们都说我是黑孩儿。就算是我黑，也不能这样欺负我。为了能上学我首先得变白，我竟然傻到拿沙子去搓脸，我觉得可能是长时间不洗脸的缘故。若不是文叔发现了，我想我差不多就毁容了。

后来，文叔找到了镇上，领着我在镇政府的门口跪了好几天。不知道怎么惊动了镇上一个报社，他们很热情地招待了我和文叔。让我们说说具体怎么回事。文叔就把我和他的经历说了一遍，以及我有多想上学。报社说，他们会帮忙，让我们回村子里等。

果然，上学问题解决了，而且学校还减免了我的学费和书费。据说，文叔和我的事登报了。后来还有善心的企业给捐了款。

能上学了，文叔比我还高兴。他给我取了个名字，叫许诺。他说，他没什么文化，但知道许诺是个好词，也定是个好名字。

嗯，我郑重地点了点头。

后来借着一次人口普查，我落了户。那个红色的小本子上，深蓝色的钢笔字书写得苍劲有力，户主许辉文；许诺，与户主关系，父女。加盖的钢印，清晰有力。我和文叔成了合法的一家人。

我的学习成绩很好，几乎每次考试都是双百，给文叔挣足了面子。

村里把文叔父母死前留下来的地还给了文叔,那时候除去交公粮,剩余的勉强够我们自己吃。文叔用剩余的捐款买了两头小猪崽儿,他说等把它们养大了就可以换钱给我买新衣服了。农忙结束之后,文叔就会跟着村里的工程队到外村找活干。村里人都说文叔脱胎换骨了。

很多人都说:"许诺你要好好学习啊,将来孝敬你叔。你看他一个要饭的养你,还供你上学,真不容易。"

是啊,我们的生活天翻地覆了,我们不用去讨饭了。吃得饱,穿得暖,睡得好,这样的日子真好。

可是好日子背后的艰辛只有我最清楚。

他顶着烈日锄地,要走好几里的路去山上割猪草。每天天不亮就起床,先喂猪崽儿,然后给我做饭,一日三餐,他从不耽误。这些对于一个常年游手好闲的流浪汉来说,是多么不易。

-4-

我上初中的时候,村里出现了流言蜚语。他们说文叔才不会平白无故养我,八成是想把我养大了给他暖被窝。他们说文叔老不正经。还说,别看我现在学习好,成天跟个糟老头在一起,长大后肯定就学坏了。全然没了当初鼓励我好好学习时那般真诚肺腑。

人真是个善变的动物。我想他们不过是嫉妒我的漂亮和聪明。我已经不再是当初刚来村里的那个又黑又瘦的小叫花子。吃了几年饱饭，我人变胖了，长高了，也白了，出落得漂亮了。我漂亮，学习又好，村里的孩子没有一个比得过我。比不过就加以诋毁，典型的吃不到葡萄说葡萄酸，以此来填补他们不平衡的畸形心理。

当有人见不得你好的时候，多肮脏卑劣的言语用在你身上都不为过。

文叔接我放学的时候，我跟一个男生打了起来。他骂我狐狸精，骂文叔老不着调，说我们乱伦。我当初并不能完全理解乱伦是什么意思，但我清楚地知道一定不是好意思。一个初中的孩子思想远远没有那么下流，他们多半都是受家长挑唆。

我骂男生他们一家人都不得好死，那时候在我心里最狠毒的谩骂就是死。我不算会骂人，因为我从来没有在文叔的嘴里听到过骂人的字眼。

文叔黑着脸，那男生还是怕了，怯怯地退后了几步。

"你看看，我们都是自己骑车，就她是那个男人每天接送，一看就不正常。"有学生窃窃私语。

"如果羡慕，就让你们的爸爸也来接你们。"文叔换了笑脸跟几个学生说道。

我得意地跳上了自行车后座。

"干吗要跟他打架？"路上文叔问我。

"他说你不好。"我气愤地说着。

"那你觉得是不是像他说的那样？"他又问我。

"不是。"

"以后全当没听见,老天可怜我,让我捡了个闺女。"他乐呵地说着。看得出来,他相当高兴。

上坡有些陡,他骑得很费力。腰身往前拱着,脚下费力地蹬着,耳后有细密的汗珠。我很想叫他一声"爸爸",这些年他对我的好,并不是言语可以表达的。

在我心里,早就把他当作爸爸。可是这么多年又一直叫他文叔,要是突然改口总觉得别扭,而且还有点害羞。

因为这件事,文叔带我离开了村子。他说,这样的环境不利于我的成长,他说我将来是个有出息的孩子,不希望我被干扰。

为了能让我在城里上学,文叔又耍了一次无赖。像他这样的穷农民,除了一张厚脸皮,已经别无其他了。

-5-

来到城里的日子,比农村艰难得多。

没有了地,所有的吃食都要花钱。文叔干的活都是卖命的苦力活。我白天上学,晚上就和文叔一起去翻垃圾桶,找些能卖钱的东西,碰到能用的我们就自己留下。

文叔不知道什么时候跟别人学会了蒸馒头,于是就自己蒸馒头,推着到市场上卖。

那时候市面流行一种馒头,叫小康馒头,很白,外观好看,但是口感不如自己家里蒸的。文叔一直是用老面来发面做馒头,蒸出的馒头要比小康馒头好吃，很畅销。就这样，白天文叔蒸馒头、卖馒头，晚上我们还是一起翻垃圾桶，捡破烂儿。

后来我顺利考进重点高中。文叔喝着酒，眼里泛着大片泪花。

慢慢地，文叔的生意渐渐好转，有了固定客源，好几个单位的食堂都让他送货。有了余钱，他盘了一间很小的店面。我们的生活有了很大改变。

他总是给我很多钱。他说，丫头，在学校里别委屈了自己，尽管花，咱家现在有的是钱。

我不舍得花，我知道那馒头里揉进了他多少汗水。我能报答他的就只有好好学习，让他跟周围的人提起我的时候，面子上有光。

我住校后，他日渐消瘦。我几次回家，都是撞见他就着一盘花生米啃干馒头。他说我不在家，自己一个人做饭吃没意思。然后，立马起身做一大桌子我爱吃的菜。

再后来，我考上大学。我知道他偷偷回村里炫耀了一番，他要让那些当初侮辱我的人，对我刮目相看。

去学校前他给我买了个手机，当时很火的一款——诺基亚7610。他说想我的时候好给我打电话。那时候手机在学生群里刚盛行起来，其实他是怕我会在同学面前矮上一截。

快毕业的时候，他给我打电话抱怨说，馒头店的生意越来越难做。他做的馒头因为是纯手工的，纯粹赚的功夫钱。在机器化生产面前，他失去了价格优势，定货的越来越少。只靠零售，根本难以维持，生意才日渐萧条。从电话里我听出他的失落和担忧。我笑着说:"老头儿,我马上就毕业了,该轮到我养你了。"

他呵呵地笑着说"好"。

我开始憧憬以后的生活,等我工作了。我就攒钱买个大房子,买一个真正属于我和文叔的家。让他和其他老人一样,养花遛鸟,过一个舒心的晚年。

-6-

毕业后,我进了一家外企做翻译,收益可观。文叔的馒头店彻底关了,他总惦记着出去打工,到处折腾着找活干。我由着他折腾,因为我知道,像他这个年纪才不会有人用他。

他其实还惦记回老家种地,但是又担心,他走了,我的一日三餐肯定是糊弄着吃。他说我工作压力大,吃不好,人会垮的。外面的饭,又贵又不好吃。

我上班,他就在家做好饭等我下班。还是会捡破烂儿,他总要找点事情做才会安心。

再后来,他病了,胃癌晚期。他坚持不住院,他说想回老家。人老了就要叶落归根。我知道其实他是怕花钱,他觉得我赚钱不容易。

我偷偷问过医生,医生说他这种情况住不住院已经没什么意思。住院也就是给他减少些疼痛,在心理上求得安慰。

我辞了工作,陪他回了老家。十几年不住人,院子显得格外颓败。收拾花了些时日。

我尽量每天都陪在他身边,他最爱跟我提及小时候的事,我们一起讨饭的那段时光。他说,他上辈子积过德,我是老天赐给他的福。

其实,他才是老天赐给我的福。

他总惦念着我的工作,他说请长假领导会不喜欢我的,总是赶我回去。我骗他说是领导特意批的长假,我想休多久都可以。大约他知道自己时日不多,乐呵地说"好,好"。

前半生流浪,后半生祥和,他说他没白来这世上走一遭。

-7-

一个阳光灿烂的早晨,他走了,依偎在我的怀里。我叫了声"爸",他弯着嘴角,沉沉地睡了。

前几日他精神头儿好的时候,曾从怀中掏出一张银行卡。他说里面有两万块钱,是想给我当嫁妆的。这些年他挣的钱都供我读书用了,这两万块钱定是他省吃俭用挤出来的。

我还没来得及孝敬他,他还没来得及看我步入婚姻的殿堂。

我的泪落在他花白的头发上,悄无声息。

他叫许辉文,他是我的父亲。我叫许诺,我是他的女儿。六岁那年,他送了我人生中第一个玩具,一只脏兮兮的长尾猴。我们相依为命,二十年。

亲情债，是世间最难还的债

文 / 牛魔王

父亲的病情时好时坏，改求中医已五天，不见任何起色，我和母亲心急如焚，开始怀疑当初出院的决定究竟是否正确，喊来大姐商量，又给千里之外学医出身的二姐夫打电话。

最终，在二姐夫的安排下，今天再去医院，另求专家，理清迷茫，改了药方，定了方向，心中方才坦然。

看父亲斗志又起，我终于可以不再怀疑自己。

母亲却已累病，感冒、咳嗽、直流鼻涕。又给母亲买药。

回到家，我伺候二老先后服药躺下，想着下午还要带父亲去扎针灸，赶紧买菜、洗衣、收拾家务。待静下来歇歇，才发觉自己嗓子又痛又哑，已经说不出话，不禁无奈叹气，我走后，他俩可咋办？又跟大姐商量找护工。

早起擦脸找不到毛巾，在屋子里转了一圈，看到带回来的儿子的旧秋衣，心里一暖，拿它来擦脸。秋衣擦在脸上，仿佛还带着儿子的体温，那柔软的触感又让我想起臭小子抱着我的脖子撒娇：妈妈，我爱你，你是世界上最好的妈妈！

鼻子一酸，落下泪来。何时春再来，冰雪消散，斗酒洒羁绊？

但愿这煎熬早一日结束!

亲情债,是世间最难还的债。

我的童年很不幸福。由于时代的原因,父亲和母亲命运多舛,性格都被苦难扭曲,父亲冷漠孤僻,母亲暴躁自私,对孩子动辄打骂良久,并不问缘由。他们都不懂得如何去爱,每逢过节过年,家中必有大大小小经久不衰的热战冷战,几十年来,从无例外。

记忆中,父亲从没抱过我,我更从未跟父母撒过娇。5岁时,我从房顶上掉下来,吓得只怕被母亲发现再挨打,顾不上疼就往街里跑;9岁时,我去田里干活儿,贪玩儿踩着河边的石头洗脚,不小心滑落河中,眼看要被湍急的河水冲走,拼了命抓住水草爬上堤,回家的路上撞见父母,吓得撒丫子就跑,连招呼都不敢打,只怕被母亲发现了又是一顿打。

我至今记得那是个秋日的下午,9岁的自己因为没有家门钥匙,只能坐在院子里的石凳上晒太阳,祈求太阳将身上的绒衣绒裤一点点烤干。太阳一点点悄悄挪移,我一遍遍坐下又起立,因为屁股下的石凳干了又湿。

如今,隔着30年的光阴,我再回去问那个9岁的小女孩儿,亲爱的,你当时在想什么?为什么没有哭,也没有笑?她已经想不起来,却还记得那日的阳光,看着那么温暖,照在身上,却那么冰凉。

过往的岁月,像一条冰凉无声的河,无数冰凉的往事,无声地沉没在河底。一个人要回多少次头,才能假装什么都没看见?

闺密8岁时在田里割草，不小心手被镰刀割破，自己用碎布包起来，都不敢回家告诉妈妈，因为害怕再被骂。

闺密说，我们都像野草一样，偷着就长大了。因为野草都有顽强的生命力，只要有一点阳光雨露，就贪婪地吮吸，把它们变成滋润自己的养分。

闺密不理解，世上怎么会有不爱自己孩子的妈妈？我说，不是她们不爱自己的孩子，而是她们根本不懂爱，不会爱。闺密结婚前一天晚上，还被妈妈骂了一夜。

爱，是一种能力，需要在生活中慢慢习得，母爱也不例外。

抚养孩子是所有哺乳动物的本能，那不叫母爱。真正的母爱，是给孩子安全和依恋，给孩子支持和方向，让孩子不慌张不彷徨，坚定从容面对人生的风吹雨打。

可是，很多人，一辈子都没有学会爱。

儿子1岁时，母亲来北京小住，春节前夕因琐事在我家中大闹一场，父亲半夜两点给我公公打电话，叫嚣着要到我先生单位去闹。公公不知出了什么事，只求他消气；我为了息事宁人，忍着眼泪逼先生给我父母跪下。

早晨，我抱着儿子送先生去上班，看一夜未睡的他脸色颓败，心痛、懊恼、悔恨到无以复加，性格正直倔强的先生可是连自己的父母都从没有跪过啊！

大年初三，弟弟从外地来我家过年，母亲借势又闹一场，将碗摔到地上，以头撞我先生，称要和他拼命。弟弟将父母强行拉走送上火车，结束闹剧。母亲逼我离婚，声称没有我这个不孝的闺女。

后来,先生迷茫着双眼问我:"老宝,你还爱我吗?你会跟我离婚吗?"后来,我抑郁症复发,用大半年的时间,看心理治疗方面的书慢慢疗愈自己。

这样的闹剧,母亲已在我家里上演过多次。先生实在不能理解,天下怎么会有这样的娘,跟女同事聊天时无意说起,人家诧异道:"你爱人是亲生的吗?"

我苦笑,"不是亲生的就好了,就不会一直对她抱幻想,有牵挂;就不会用尽力气去讨好她,像乞丐那样,可怜巴巴地乞求一点点爱。"

有些事情在过去出了错,你会不断回顾和尝试是否能修复它,或以某种方式使它变得正确。这在心理学上,叫强迫性重复。

心理学家说:"一个成年人的认知能力会告诉你自己,你有一段糟糕的童年经历,你不喜欢你的父母,但自己后来所做的事情却是为了继续得到父母的认可。这是一个人类强烈受到早期情感依恋影响的例子。"

闺密最幸福的时刻,是每次回到老家,刚进门时母亲的嘘寒问暖热茶饭,尽管那温暖,因短暂而显得那么虚幻。

朋友圈里天天在告诉我们,天下无不是的父母。事实却是,孩子对父母的忠诚才是真相。因为哪怕是最糟糕的父母,有时也会表露出爱心。

我记得7岁时,因为长期营养不良导致贫血、头晕,母亲带我进城看病。"蝉鸣空桑林,八月萧关道",小贩推着车叫卖绿豆糕，母亲花5毛钱买了一块给我吃，自己没舍得吃一口。

我记得13岁那年，骑车放学时出车祸住院，父亲背着我楼上楼下检查。那是我记忆中唯一一次和父亲的身体接触，我趴在父亲的背上，初秋的阳光穿过狭小的窗子，打在我的身上，我恍恍惚惚，感觉像做梦一样。

我记得16岁时，在县城读书，母亲炖好鸡，赶中午前用饭盒给我送到学校，看着我吃掉，她自己将我刚从食堂打的面条吃了。同学们都羡慕地说："你妈真疼你啊！"那一刻，我真的感受到了母爱。

亲情债，是世间最难还的债。我从20岁时，开始与抑郁作斗争，时至今日，已整整20年，多少个不眠的夜晚，我咬着牙用尽全身力气，努力将那咻咻的黑兽赶走。

今天带父亲看完专家，我跟父亲谈起那年春节的事情，对他说："要学会爱，学会珍惜。"父亲只是轻描淡写地说："别再提了。"

我闭上眼，泪水悄然滑落。

孩子用一生等父母道歉，父母用一生等孩子道谢。亲情债，是世间最难还的债。

Part 3

异 乡 故 事

你惦念着谁，谁又惦念着你

文 / 宋小君

-1-

朔北，大漠。

这一日，北风劲吹，天空中，雁字成行，正向南飞。

星罗密布的大帐前，立着一个女子，这一年，女子已经53岁，身旁儿女恭顺地服侍着。

女子身着胡人的衣服，眉眼间，却明显是汉人。

此刻，她正仰着头，看着天际中南飞的北雁，莫名流下两行泪来。

儿女不敢上前安慰，只能安静地陪着，直到女子吩咐道，取我的琵琶来。

女儿应声前去，不多时，抱过一把古色古香的琵琶，双手递给女子。

女子接过琵琶，早有人递上了座，女子坐下来，看雁阵在云端时隐时现，弹了起来。

乐声被北风鼓荡，由近及远，似是传到了更远的地方。

儿女们都肃然,听惯了的这首汉曲,唤作《凤凰于飞》。

女子弹着琵琶,似乎把自己带回到了多年以前,那时候,她有一个好听的名字,叫皓月。

-2-

西汉年间,负责为皇宫选秀的掖庭,开始了一年一度的民间选秀。

南郡秭归县,有一位名叫皓月的女子,被认作是良家子,又弹得一手好琵琶,随即被选入掖庭。

入宫之时,皓月年纪尚小,并不知道前方迎接自己的,究竟是怎样一番际遇。

皓月小儿女心性,进了掖庭,只觉得事事新奇。

经不住年轻人的好奇,皓月很快熟悉了掖庭。

原来,除了宫女,罪人家属妇女也要在此劳作,种田、织锦,以此赎罪。

其他宫女们都躲着这些罪人家属,对她们也不甚客气,但皓月反倒是愿意和她们接近,认识了许多蔬菜的长相,草药的君臣佐使,学会了不少锦缎的织法,一旦得了空,就跑到罪人家属的院子里,弹起琵琶,乐声悠扬中,人们的目光都能越过掖庭四面的高墙。

这一日,皓月照例抱着琵琶来到罪人家属的院子,见女人们都围在一起,叽叽喳喳地争论着什么。

皓月拨开人群去看，才发现人群中，一只硕大的白色大雁倒在血泊之中，身上的白色羽毛，都被染成了红色，正奄奄一息地蠕动。

皓月俯下身，查看大雁的伤口，听女人们说大雁是从空中直直地跌落下来的。

皓月对众人喊："快找点儿水来，没准儿还有救。"

众人七手八脚地忙碌起来，找水的，递草药的，很快把白色大雁裹成了一只"粽子"。

接下来的日子，皓月不当值的时候，就悉心照料大雁，每天喂食喂药，还亲手做了一个铺满了软草的窝。大雁伤重，虽然能勉强吃食吃药，但眼神里毫无生气。宫女们来看大雁，都道是："伤得这么重，活不了几天了，皓月你别费工夫了。"

皓月就不高兴了："你们别当着它的面说这种丧气话，我一定能救活它。"

轰走了宫女们，皓月就看着大雁，对大雁说话："喂，你可别死啊，你死了怎么对得起我？来，吃药。"

大雁眼神灰暗，面对着皓月递上来的草药，就是不张嘴。

皓月急了："你想死是吧，我还就偏不让你死。"

说罢，自己把草药嚼碎了，嘴对嘴喂给大雁。

喂完了药，皓月的嘴和舌头都麻了，整整三天说不了话，宫女们都笑皓月傻："哪有嘴对嘴喂药的？喂得还是一只半死不活的大雁。"

皓月也不以为意，倔脾气上来，宁可自己说不出话，也坚持每天给大雁喂药、上药、活动双脚和翅膀。

皓月特别喜欢看大雁的翅膀，每一次喂完了药，皓月都口齿不利索地对大雁说："你看看你，有翅膀，能飞，想去哪去哪，多好，还不好好活着吗？我要是你，我飞上天就不下来了。"

皓月一脸向往的表情映在大雁灰暗的眼睛里，这双眼睛，渐渐有了光。

大雁的伤慢慢好了起来，也能自己吃药了，皓月把大雁当成了宠物，没事就跟大雁说话。想家的时候，就跟大雁说起自己家乡的风物，一年四季里的好吃的。

-3-

一夜，给大雁喂了食，皓月累极了，安置好了大雁，就倒在床上，在其他宫女们此起彼伏的鼾声中，睡着了。

睡到了三更，皓月突然被叫醒，迷迷糊糊地睁开眼睛，睡眼惺忪地看着一个一袭白衣的公子，正在月光底下，对着自己作揖行礼。

皓月还以为是梦，半睁着眼，说话含含糊糊："是谁给我托梦么？说吧，何事？"

白衣公子一囧："姑娘，多谢你相救。"

皓月眼前朦胧，听得也不分明："什么？什么相救？"

白衣公子一揖到底："不敢相瞒，我是姑娘救回来的白雁，同伴都唤我雁三公子。"

皓月哼哼一声："别闹了，这个梦还挺调皮，你是雁三公子，我就是第七公主，这一定是个梦，宫里哪来的男人啊。"

挑了灯，皓月带着雁三公子，在宫女们的呼噜声中，蹑手蹑脚地出了门，在掖庭花园的假山下，皓月把灯挑到最亮，举到雁三公子身前，睁大了双眼，上上下下、仔仔细细地打量着他。

雁三公子被看得极其不自在，咳嗽一声遮掩尴尬，开了口："我本孤雁，跌落至此，给姑娘添麻烦了。这些日子，感谢姑娘相救，我这就要去了。"

皓月惊叹，原来妖精的说法，是真的。"哎！你要去哪？"

雁三公子道："去死。"

皓月惊呆了："我好容易救了你，喂水喂药的这么些日子，你总算好了，又要去死？消遣我么？"

雁三公子又作揖："姑娘是我的救命恩人，我不敢欺瞒。我本天上鸿雁，只因痛失爱侣，三日不食，一心寻死，却不料跌落到这里，被姑娘所救。"

皓月又气又急："这是怎么说的？听这意思还埋怨我了？我倒问问你，你好端端一只白雁，为什么非要寻死？"

雁三公子声音平静："鸿雁天生成双成对，从不独活，我痛失爱侣，孤雁南飞，心中凄惶，了无生趣，本想着一死了之。没想到被姑娘所救，我不敢就此死去，只好等着伤愈之后，跟姑娘道了谢，再去赴死。"

皓月听到这里，惊叹之余，多少听明白了，心中纳罕，情情爱爱，究竟是何物？让生灵连命都不要了？

顿了一会儿,她说道:"我听父母说,雁最讲求'仁义礼智信'。雁阵当中有序之说,老雁引领阵头,壮雁飞得再快,也不会赶超到老雁前边,是为礼。是也不是?"

雁三公子显然吃了一惊,没想到皓月竟然知道这些,只是点头。

皓月又问:"但凡有老弱病残的大雁,整个雁群都会加以照顾,绝不会弃之不顾,直至终了,是为仁。是也不是?"

雁三公子再一次点头。

皓月娓娓道来:"所谓犬为地厌、雁为天厌、鳢为水厌,意思即是说,大雁敏锐机警,野兽或者猎户,都极难接近地上的雁群。是为智。时节变换,大雁至秋而南翔,风雪无阻,从不爽期,是为信。是也不是?"

雁三公子拱手道:"姑娘说的都是。"

皓月点头:"那就好,既然你的命是我救回来的,就属于我了,从今以后,你是我的宠物,我让你死,你才能死,我不让你死,你就要好好活着。你身为大雁,不会不遵'雁信'之说吧?"

雁三公子呆立,说不出话来。

此后,雁三公子果然没有违背"雁信",平日里,皓月当差的时候,就自行飞出去,不知道去往哪里。

在皓月回来之前,雁三公子一定会准时飞回来,等到深夜其他宫女都睡下了,雁三公子便化成人形,和皓月在假山下相聚说话。

皓月好奇心重,总是有问不完的问题:

南方什么样？风物几何？有什么好吃的？女孩子穿什么衣服？戴什么花？

天上什么样？风什么味道？雨什么味道？云朵能吃吗？飞的时候见到其他的鸟，会打招呼吗？

雁三公子就逐一回答，但皓月就总是问不够。

-4-

这一日，皓月当值回来，累得一直打哈欠，告诉雁三公子："你可不知道，今日宫里来了个什么匈奴的单于，声势那叫一个浩大，他们穿的衣服，骑的马，身上的味道都和我们汉人不一样。听说啊，陛下还亲自接见单于了呢。哎，我问你，匈奴到底在哪啊？说是什么朔北大漠，我从来没去过，你去过吗？"

雁三公子道："朔北劲风，是极寒之地，我自幼体弱多病，经不住大漠的黑风，因此从来没有去过。"

皓月打量着雁三公子："真羡慕你有翅膀，可以去很多地方瞧瞧看看，不像我，总是困在这里，除了宫中，哪都去不了。"

雁三公子摇头："去哪里不重要，重要的是和谁去。"

皓月一呆："你和你的妻子，去过很多地方吧？"

雁三公子听皓月提起了亡妻，眼神里似有一阵火烧了起来。

"我与妻子自幼相识，一起长大，秋天南飞过冬，等北方春归，再飞回来。去过许多地方，吹过不同味道的风，踩过许多形状的云，也见识过人间至盛的繁华。大雁终生一夫一妻，绝无二心，我与妻子结缘之后，便定了同生同死之约。

一日，雁阵捕食，不料，遇到了有张网捕雁者，我等深陷网之中。

我和壮雁奋力脱网，救出老弱之后，才发觉我妻子和其余雁伴未能脱网，等我俯身下去搭救之时，捕雁者已将我妻子杀害了。

我悲从中来，不想独活，但还有大雁落网，雁阵被打乱了，我不能就此死去，只好又和壮雁一起，救出了其他同伴，护送雁阵飞远。

等雁阵脱险之后，我独自脱离雁阵，不吃不喝，一心求死，本想着投向我妻子死去的方位，却在空中失了力气，跌落到掖庭之中，被姑娘所救。"

皓月听完，看雁三公子的眼神里，有了一种从未存在过的光彩，带一点崇敬，又带一点怜惜。

她没有说话，只是拾起自己的琵琶，告诉雁三公子："这琵琶是我入宫之前，父母赠予我的，蚕丝做的冰弦，我送你一首曲子吧。"

皓月说罢，弹起琵琶，是一曲《凤凰于飞》。

雁三公子听着，为之泪下，喃喃："凤凰于飞，翙翙其羽，说的就是恩爱的夫妻。此后的日子，万里层云，千山暮雪，都只有我一个了。"

皓月弹完曲子，握住了雁三公子的手，说道："虽然我年纪小，还不能体悟情爱，但我看你对她的思念，却也知道这世上没有什么比'惦念'更美的东西了。有你惦念着她,那你们两个,就都是幸福的。你要是死了,她就再也没有谁惦念了。你不只为了自己活着。"

雁三公子听完,看着眼前俏丽天真的女子,呆住,自己从来没有想到过这一点。

又一日,画工们纷纷入宫,给众宫女画像。

宫女们盛装打扮,叽叽喳喳地传言,陛下挑选宫女侍寝,都是看画像,要是被选中,以后得宠,入住后宫,就再也不用在这里寂寞了。

宫女们拿出所有财帛,一股脑都给了画工,央求画工把自己画得好看一些。

这是画工们的主要收入来源,他们来者不拒,养家糊口,又助人为乐,何乐不为呢。

轮到了皓月,皓月也递了财帛,但这个名叫毛延寿的画工,头都没抬,伸手要接,皓月却停住:"请大人把我画得丑些。"

毛延寿揉着酸疼的胳膊,抬起头,有些莫名其妙地看着眼前的女子,疑惑道:"其他宫女都央求我把她画美,你为何要我把你画丑?"

皓月道:"不瞒大人,我不想被选中,我想自在一点。"

毛延寿笑了:"自在?选中了岂不是更自在?"

皓月却摇摇头,眉宇间凝结着一丝愁苦:"选中了,就不自在了。"

毛延寿脸上的笑容一敛,第一次遇到要把自己画丑的宫女。

画完之后，皓月仔细看了。

毛延寿问："够丑吗？"

皓月噗嗤笑出声来，"够了够了，再丑一点，我都看不下去了。谢谢大人。"说罢，拿起笔，在画像旁边，写上了自己的名字。当即给毛延寿行了礼，兴高采烈地去了。

看着皓月离去，毛延寿还没回过神来。

下一个宫女上前，看着毛延寿正在出神，就开口道："她啊，一直就奇奇怪怪的，天天跟大雁说话。大人不用理她，请大人把我画得美一些吧……"

毛延寿耳朵里什么都听不见了，低头看那张画像，旁边工工整整地写着"皓月"二字。

夜里，皓月把这件事告诉了雁三公子。

雁三公子问："你不是一直想去别的地方看看吗？怎么有了机会，你却拒绝了？"

皓月看着雁三公子，眨着眼睛，说笑似的："你飞不到朔北，我舍不得你啊。"

雁三公子一愣，不知如何答言。

皓月笑了："好了，我逗你的。我知道你心里总惦念着你妻子。不说啦，我们去放风筝。"

掖庭中，起了风，简易的风筝在天上飞，旁边一只大雁在跟随着。

大雁沿着丝线往下看，皓月兴高采烈地跑着、跳着、笑着、叫着。

Part 3·异乡故事

此后，毛延寿常常来掖庭给宫女们画像。

每次来，都和皓月说上几句话。

皓月热心地帮他磨墨、洗笔、递染料，也学着他的样子，画上一两笔，竟然颇有样子。

毛延寿赞叹："你很有天赋。"

皓月就笑："我只是好奇。想问大人，你给这么多人画像，心里能记住的人，又有几个？"

毛延寿被皓月问住了，呆了半晌，竟然答不上来。

皓月脸上沾着染料，说了句："有的人，丹青能画，有的人，只有情爱能画。"

毛延寿又吃了一惊，皓月心里有个人了？

皓月没说话，举起自己画好的画给毛延寿看，"大人，你看我画得如何？"

毛延寿去看，见绸缎上，有一只风筝，一只白雁。不解，问皓月："姑娘画的是？"

皓月道："姑娘家的心事，就不跟大人说了。"

说罢，站起身来，蹦蹦跳跳地去了。

毛延寿看着皓月远去的背影，呆立了良久，忍不住笑了。

翌日，毛延寿应召入宫。

原来是匈奴——呼韩邪单于到了。

元帝设宴款待。

呼韩邪单于海量，喝美了，起身行礼，"呼韩邪愿做汉人的女婿，请陛下恩准。"

元帝一听，龙颜大悦，和亲可避免生灵涂炭，当即准了，吩咐毛延寿和其他画工，将掖庭的美人画像呈上来，亲自为单于选后。

毛延寿恭谨地呈上画像。

元帝翻了几张，眉头一皱，见画像上有一只风筝，一只白雁，不解。

毛延寿在一旁看着，暗骂自己粗心。

元帝又翻了一张，指了指，就这位美人吧，赐予呼韩邪单于。

毛延寿胸中一凉，见那画像上的女子，旁边清清楚楚地写着两个字：皓月。

-5-

圣旨下得很快。

掖庭里议论纷纷，怎么就选中她了？我早就看到她和那个画工眉来眼去，想不到他们早就串通好了。

皓月接到了圣旨，紧接着就有了自己的房间和仆人。

皓月脸色平静，吩咐人备了酒饭，关上门，和雁三公子对坐。

无言，只饮酒。

几杯酒下肚，雁三公子开了口："我带你走，三更，你俯在我身上，我带你飞出掖庭。"

皓月看着雁三公子，眼睛里有了光："有你这句话，我就知足了。只是，我走得了，我的家人走不了，要是我抗旨不遵，我的家人就要受到株连。我常说自在，但人生在这个世上，总是被牵绊着，又有几个人能真正自在？我只能去。"

皓月举起酒杯："公子，你我这段缘分，原本就是天赐的，皓月虽然年纪小，但深知不可贪心的道理。谢谢公子，让皓月从此以后，心里都有个惦念。这杯，我敬你。"

雁三公子叹了一声，仰头喝酒，如此一来，眼泪就不会流下来。

出塞前，毛延寿偷偷赶来，对皓月说："是我误了你。"

皓月笑："大人这叫什么话？要说误也是我自己误了自己。山水有相逢，大人保重。有机会，再跟大人学画。"

皓月被赐称：王昭君。

皓月盛装出塞那日，浩浩荡荡，仪仗绵延数十里，长安城内，百姓纷纷前来相送。送别之际，元帝才第一次见了昭君的样貌，心中后悔不迭，"我怎地将这样的女子拱手送了出去？遗憾，遗憾啊！"

但事到临头，君无戏言，只得如此了。

皓月在马车上，脸色平静。

出了长安城，远方一片平沙，再往前走，就远离故国和故人了。

皓月捧起琵琶，奏冰弦，正是那曲《凤凰于飞》。

凤凰于飞，翙翙其羽。

琵琶声传了出来。

突然有人惊呼："看！"

送别的百姓和仪仗都仰起头，见天空之上，一只白雁，孤雁盘旋，吟啸，附和着琵琶声声。

马车中，皓月弹着琵琶，听着雁鸣，泪湿云鬓。

一曲离别意，尽在这曲《凤凰于飞》之中。

送别的人们，都被这景象惊呆了。

陡然间，白雁纵身飞向马车窗前，吟啸，皓月探身出来，见白雁嘴角含血，终于再也忍不住，眼泪奔涌。

雁三公子道："姑娘，我这条命，就此还给你了。日后，你若是惦念我，就看看南飞的北雁吧。替我活下去，我想被惦念着。"

说罢，雁三公子吐尽了最后一口血，跌落在平沙之上，就此殒命。

皓月眼泪蓦地止住："雁三公子，等胡地的草色青了，我就去找你。"

车马远去。

皓月再也没有回头，只有那一曲《凤凰于飞》，响彻在天地之间。

送行的百姓们，见白雁落地，都道是因为皓月的美貌，从此就传扬开来，有了"平沙落雁"的传说。

毛延寿看着那幅画着风筝和白雁的画像，什么都明白了。

元帝回宫之后，大为恼怒，急召画工，质问："是谁画的昭君？为何把美人画成画中的样子？使朕痛失美人，是何居心？"

画工们都吓得噤若寒蝉。

毛延寿却向前一步，昂首道："是我画的。"

元帝不解："为何如此？"

毛延寿朗声而笑："有的人，丹青能画。有的人，却只有情爱能画。"

元帝震怒："早就听说画工和昭君有染，果不其然。"遂下令斩杀毛延寿。

刑场上，毛延寿道："我与皓月之清白，天地为证。"说罢从容赴死。

皓月经过数月行程，抵达朔北大漠。

入了秋，皓月就成日里抱着琵琶，弹奏《凤凰于飞》，看着北雁南飞。

皓月为呼韩邪单于诞下一子，待呼韩邪单于病逝之后，皓月上书元帝，想归汉。

元帝回旨，令昭君遵从匈奴习俗。

所谓的匈奴习俗，即是父死子继，父亲归天之后，由儿子娶继母。

皓月断了归汉的念头，嫁给了呼韩邪单于的儿子——复株累单于，又生下两个女儿。

老翅寒暑，不知道看了多少次北雁南飞，当年的皓月，如今的昭君，已经53岁了。

一曲《凤凰于飞》弹完，天上鸿雁吟啸，皓月安详离世。

儿女们哭倒在地，而那曲琵琶声，似乎还回荡在北风之中。

匈奴将昭君厚葬。

北地草木荒凉，却唯有昭君墓上，草色青青，后人称之为"青冢"。

此后，诗人们写下许多诗词来纪念这个女子。

她有很多名字，皓月，王嫱，呼韩邪单于阏氏昭君，明妃。

她留在历史上的记载极少，却永远活在了诗里面。

其中王安石于宋嘉祐四年，写下《明妃曲》二首——

其一

明妃初出汉宫时，泪湿春风鬓脚垂。

低徊顾影无颜色，尚得君王不自持。

归来却怪丹青手，入眼平生几曾有；

意态由来画不成，当时枉杀毛延寿。

一去心知更不归，可怜着尽汉宫衣；

寄声欲问塞南事，只有年年鸿雁飞。

家人万里传消息，好在毡城莫相忆；

君不见咫尺长门闭阿娇，人生失意无南北。

其二

明妃初嫁与胡儿，毡车百辆皆胡姬。

含情欲语独无处，传与琵琶心自知。

黄金杆拨春风手，弹看飞鸿劝胡酒。

汉宫侍女暗垂泪，沙上行人却回首。

汉恩自浅胡恩深，人生乐在相知心。

可怜青冢已芜没，尚有哀弦留至今。

而雁三公子并无记载传世，但元好问那首《雁丘词》，却似是道尽了雁三公子的心境：

问世间，情为何物，直教生死相许。

天南地北双飞客，老翅几回寒暑。

欢乐趣，离别苦，就中更有痴儿女。

君应有语：渺万里层云，千山暮雪，只影向谁去？

横汾路，寂寞当年箫鼓，荒烟依旧平楚。

招魂楚些何嗟及，山鬼暗啼风雨。

天也妒，未信与，莺儿燕子俱黄土。

千秋万古，为留待骚人，狂歌痛饮，来访雁丘处。

修补月亮的男孩

文 / 阿狸咖哆

-1-

那天晚上下课,我背着书包准备回家。

我家住在很僻静的地方,回去的路七扭八拐,基本上不会碰到同班同学。

回家的路上有几盏路灯,昏昏暗暗地亮着。第二个街道的转角处经常趴着一只脏脏的小白猫,我心情好了就会在隔壁的小商店买一只火腿肠喂给它,蹲在那里看它满足地吃完,再起身继续往回走。今天还没到第二个转角的时候,我隐隐约约看见平时寂静无人的街道上出现一道有些眼熟的人影。

我好奇地赶紧从背后的书包里摸出眼镜,戴上了再定睛一看,吃惊地张大了嘴巴。前面那个不是别人,正是平时在班里少言寡语的小A。

-2-

要说起小A这个人倒也奇怪，平时在班里安安静静，除了必要的交流几乎不和任何人主动说话。

小A不高，瘦瘦的，要不是一般没有人搭理他，仔细想想倒也称得上是眉清目秀。

他学习不出众，却也从来不挂科。上课不主动回答问题，可是一旦被老师点到名，也从来没出过糗，都是一字一句慢慢说出答案，不精辟却从来不会挨骂。小A的座位在第三排的一个角落里。说起来也巧，他的同桌是一个女生，长年请病假，座位都是空荡荡的，桌兜里却塞满了书。开始还有人觊觎这个座位，可是考虑到满桌兜的书，尤其是考虑到要和无趣的小A做同桌，也都退避三舍了。小A倒也算落得个清静。

而我的座位是倒数第三排，在整个教室最热闹的地方。

有一天上课，周围趴倒了一大片，我撑着脑袋发呆。目光刚好游离到小A那里，就开始乱想。

我想非得挑一个词用来形容小A的话，那一定就是圆滑。

我觉得小A从来不得罪人，也不亲近人。不犯错误，却也做不出出彩的大事情。不爱人也不被人爱。我眨了眨眼睛在心里盘算着，小A这样子的生活究竟是算舒坦还是不自在呢。想着想着我就撑着脑袋睡着了。

-3-

小A越走越快,我赶忙收起对小A的回想,没有说话,小心翼翼地跟在他后面。

因为天黑的缘故,我眯起眼睛也看不太清小A的装扮,只能看见他挎着一个大大的单肩包,穿得特别干净利落。他直直地冲着一个方向走过去,我想他那样子的坚决,心里一定是有着一个目标的。

这样想着,我便抬头朝着他前进的方向看了一眼,心里更觉得蹊跷。

那是一座废弃的旧工厂。

大约十年前我很小的时候,那里每天都热热闹闹的,一派繁荣的景象。

那时候我得了空就会偷偷跑进去玩,里面的叔叔阿姨都特别和蔼和热情,见了我总会问我:"小朋友来干吗啊?"然后我就装乖巧地告诉他们我来找妈妈。他们就摸摸我的脑袋然后递给我几颗糖,再笑着去干自己的事情。

我站在那里看他们匆忙却不乏欣喜的背影,觉得心里面很舒服。

那时年纪小,不明白心里的想法究竟是什么。现在回过头想,似乎明白了一些。

但是随着时间的推移,工厂里面的工人越来越少,听妈妈说工厂的生意也是越来越萧条。最后工厂里面似乎发生一起事故，之后里面的人便彻底消失了。

有时候路过，我就会站在工厂门口，望着里面冷清甚至有些阴森的样子，心里不是个滋味。

我一路跟着小 A 一直来到了工厂门口。

小 A 没有犹豫就走了进去。

我看着工厂门口立着的牌子，上面写着"房屋危险，禁止通行"，抬头看了一眼小 A，想了一下，还是追上去了。

小 A 走了一会儿，最后在工厂中央的一个水塔前停下了脚步。

我站在不远处的一个角落，看着他的身影发愣。

那个水塔是工厂倒闭前几年才建成的，上面用喜庆的大红色写着 ×× 年庆的字样，而现在红字已经剥落了，看上去隐约能分辨出字的模样，却有种阴森森的感觉。

水塔很高很高，一眼望不到边，一下子可以直愣愣戳到天上去的感觉。

小 A 走到水塔边，抹了抹袖子，伸手抓住水塔外围的铁栏，一点一点开始向上攀爬。

我疑惑地看着，不知道小 A 想要干什么。

那天晚上夜色特别昏暗，月亮也并不是很亮，感觉像生了病，没有一点生机。

我一直仰着脖子看小 A，直到最后脖子开始酸酸地疼，小 A 才算爬到了塔顶。

他小心地站稳了脚步，低头从他的背包里掏出一把好像吹风机的大家伙。

他把那玩意儿对准月亮打开了开关,之后月亮周围的一层迷雾全被吸了进去。

他拿着那个东西蹲下,捣鼓了一会儿,再起身把它对准月亮,这回是吹出去一股明晃晃的金色风,原本昏暗的月亮一下子变得明亮。

小A好像很得意的样子,把自己的家伙放回包里,还骄傲地打了个响指,再抹了抹袖子开始向下爬。

我吃惊地张大了嘴巴,半天不能相信自己的眼睛。这时我看清正在向下爬的小A。

他穿一身黑色小西装,脚上是锃亮的小皮鞋,背着一个不怎么大的工具包。

我忽然意识到,经过小A的一番忙活,周围早已变得亮堂堂,月亮开始发出明亮的光。即便这样我还是不敢相信这是小A的功劳。

过了一会儿,小A终于安全抵达地面。我从墙角走出来,走到他背后,我说:"小A?"

他怔了一下,缓缓转过身,看见我以后他露出心虚却又有些松一口气的表情。

他问我:"你都看到了?"

我点点头。

他走过来,拉住我的手:"你别说话,我告诉你一个秘密。"

看到他俏皮的模样,这次我反过来被他惊住,便点点头说了"好"。

他转过身说:"你跟着我。"

说完我们朝着原路开始返回。我乖乖地跟在小A后面,觉得怎么此时此刻的他就忽然多出了一分英勇的男子气概。

-4-

小A带着我在小巷子里面七扭八拐地穿梭,我跟在他后面看着他的背影一言不发。

他背着的包里映着夜色,从小缝里露出丝丝缕缕微弱的光。而他走路的时候直挺挺,竟一点没了往日里弱气的样子。

我咬着嘴唇在心里怀疑,那个人会不会其实是一个假冒的小A。

小A带我走到一座小屋前,然后松开我的手,走上前去开门。

我细细打量,小屋是两层楼,院子里种着大片的向日葵,奇怪的是夜晚向日葵竟然还直挺挺地昂着头,仔细观察竟是向着月亮的。

我本来在诧异这座房子的存在,在小A松开我的手时才惊觉,我就被他这么手牵手走了一路。

而在我思考的时候,小A转过头对我说:"门开了,进来吧。"我点点头,跟随着小A走了进去。

房子里面的装扮很是温馨,整体呈蓝色的格调。

我在玄关换好小A给我找出来的鞋时,他已经从厨房端出热咖啡，用的是一个蓝色的马克杯，上面印着"魔法咪路咪路"的图案。

我好笑地接过，说："没看出来你还好这口。"

他不好意思地搔了搔头，回答道："那个是别人送我的。"

我点点头，喝了一口。咖啡里面应该加了很多奶昔和糖，一点都不苦，喝起来暖暖的，于是整个人就又精神起来。

他说："你先休息下，我去收拾收拾刚刚的东西，秘密一会儿告诉你。"

我挥挥手说："去吧去吧，我等着。"

他笑笑说："那你随便些啊，没什么不可以碰的东西，这里我一个人住。"说完便拎起刚刚放在沙发上的包，转身上楼去了。

我捧着咖啡坐在沙发上环视这个屋子。客厅大大的，却空荡荡。

我直起腰，把杯子搁在茶几上，蹬掉拖鞋缩在沙发里。然后回头想了想，觉得今天碰到的小 A 给我的感觉着实和平常不一样。怎么说呢，觉得往日里见到的他都是死气沉沉，今天却忽然有了灵气。难不成他一到了晚上就会变身？或者说这个其实是小 A 的哥哥大 B？

"在发什么呆？"我仰起头，看到小 A 穿着毛绒拖鞋从楼梯上缓缓地走下来，赶忙摇摇脑袋打消那些荒谬的念头，呲着牙冲小 A 笑。

他下楼梯下了一半，站在楼梯正中间停住脚步，冲我招招手，说:"过来,我带你看个东西。"

我愣了一下才反应过来,连忙坐起来,脚在地上蹭了半天才穿好拖鞋,磕磕绊绊地走到小A面前。

他转身说:"跟我来。"便径直向楼上走去。我小心翼翼地跟在他后面,生怕一个闪失再闹出什么笑话来。

-5-

小A领我爬到楼梯的最上层,拐角处有一个紧闭的小门,里面散发着神秘的味道,目测是个两米见方的小阁楼。

印象中阁楼里面都没什么好事情。

睡美人的故事里,因为巫婆诅咒公主会被纺锤扎死,明明国王和王后已经勒令销毁全国的纺锤,可是就是因为公主缺心眼儿没事干跑去阁楼玩,被瞒天过海的纺锤刺到,中了巫婆的诅咒长睡不醒;

蓝胡子的故事里,年轻的妻子本来可以和蓝胡子一辈子白头偕老的,就因为该死的好奇心,打开了蓝胡子三令五申不允许碰的阁楼门,看到蓝胡子从前夫人的尸体,而失手把钥匙掉在地上蹭到血迹,才会被蓝胡子发现,胁迫着要杀死她;

芮苣姑娘被巫婆关在阁楼里,差那么一点点就和王子曲终人散……

想来想去我总觉得阁楼不是个好地方。想到这里,我便停住了脚步。

小A大概是听到身后的我没了动静，扭头看向我，好笑地说："你害怕了？"

我没吭声。

他走过来，竟又牵起我的手，把我拉到门口。他把门推开一个小口，说："你看。"

我看着他的手，内心澎湃着："你是大B吧！是大B吧！小A怎么可能这样子啊！"

虽然心里这么想，但还是不由自主地被他拉了过去，听到他那么说便条件反射地抬起头，这一抬头不要紧，屋子里的景色一下子震撼到我。

这个房间从外表看很小，可是里面空间却大到超出科学可以解释的范围。

房间里杂乱无章却又井然有序。东西都按类别放着，却放得特别乱。

有黑色的垃圾袋，有牛皮纸箱子，有水桶，有堆放的书本，各式各样的东西让我摸不着头脑。

我迷茫地搔搔头，问道："这是你家仓库？你来带我看这个干吗？"

小A又一次笑了起来，却有些落寞。

他说："这个是仓库没错。不过里面的东西却不是货物。"

"那是？"我好奇地回应。

"是这个城市褪下来的已经陈旧了的悲伤。"

"哈？你在说故事？还是玛丽苏言情小说？"我的眼睛瞪

得大大的看着他。

"来。"他仿佛知道我会不相信,便打开门走了进去。我跟在他后面,不知道他又要搞什么鬼把戏。

他先是走到一堆书跟前,随手拿起一本递给我,"这个是最普通的。"

我接过书,翻开,上面写着伤情的句子和段落。形形色色,读完后却满是伤感。

我放下书,跟着他走到水桶旁。他打开盖子,说:"你尝尝。"

我先是看了看,里面的水是幽怨的蓝色,又伸手沾了沾,放到嘴里,顿时一身鸡皮疙瘩。

那个水的味道特别怪,苦苦的、咸咸的,有些像眼泪的味道。

最后,他走到黑色垃圾袋旁边,解开一个,用手捏着开口处,拿到我面前,松了一小下。

我感受到一股凉凉的风迎面吹来,还没来得及反应,眼泪却"唰"地流了下来。

我惊讶地捂着嘴,看着小A。

他看着我说:"这下相信了吧。"

我点点头。

他走到一处稍微空旷一点的角落,拍了拍地上的灰,说:"过来坐。"

我迟疑了一下走过去,在他身旁坐下。

"你从哪儿搞来这么多莫名其妙的东西?"我还没坐稳就着急地问道。

"这是我的工作。"他有板有眼地回答我。

"哈？"

"你刚才在水塔那里也看到了吧。在我从水塔上面下来以后，月亮就变得明亮了。"

"嗯。"我点点头。

"其实我的工作是修补月亮。"他一字一句地说。"你们都不知道，月亮有一个特别重要的功能，就是吸收这个城市中的悲伤。它就好像电脑里面的回收站，城市中有什么难过的事情，都会被吸收到那里。但是时间久了，承载的多了，月亮就会积劳成疾而变得有缺口且不明亮，就好像是一个人生病了一般。一个城市不能有一个病恹恹的月亮，哪怕在夜晚，人们也是需要光亮的。所以我的工作就是回收月亮上的悲伤并且修补好悲伤给它带来的缺口。"说到这里，他伸手指了指墙角的那个大家伙。

我仔细一看，就是我在塔下看到的那个他举着的好像吹风机样的东西。

"那个就是我的武器，每次吸收月亮上的悲伤就靠它。"他边说边得意地蹭了蹭鼻子。"悲伤也分很多种。正如你所见，有文字形式的、液体的、气体的，还有固体的……各种各样的。这主要取决于人们对于悲伤的表达形式。就比如一个女生和男朋友吵架了，她偷偷地在被窝里流了一晚上的眼泪，早晨起来接到男朋友道歉的电话，眉开眼笑后就什么事都没有了。可是真的是什么事情都没有了吗，眼泪却是真的流过的对吧。那悲伤都去哪里了呢?"

"被月亮吸收走了?"我弱弱地回答。

"BINGO!"他打了个响指继续说。"我要做的就是按时去最接近月亮的地方回收悲伤,然后把它们拿回来分类安放好,再转换成正能量。"

"正能量?怎么转换?"我好奇心又开始泛滥。

"喏。那里的灯泡看到了吗?"他指指右边天花板上闪着金灿灿光芒的灯泡。"这个是净化光态悲伤的;楼下种的一片向日葵是净化液体的,当然我的向日葵是靠着月亮进行光合作用的;固体的和气体的放在一起会产生反应,二者刚好就抵消了,不过得需要点时间。"

"那书本上的呢?"

"书本其实只是载体,回收回来的是这样的。"他随手拿过一本书,翻开一页,用手轻轻一捏,那一行字就被他拿起来漂浮在空中。

"啊!"我吃惊地伸手去抓,刚接触到,那行字就附在了我的手上。

"我今天回到家里肚子饿得不行,可是却没机会再吃到你煮的菜了。"我看着手掌上小小的手写体,念了出来。然后皱着眉头想,这是一个离婚的中年男子,还是一个失去外婆的小朋友呢。然后伸手想把那行字摘下来,抠了半天却都没有反应。

小A看着我笑了起来,拉过我的手轻轻摘下了那行字。"这个书我现在还没有想到更好的处理方法,暂且堆在那里。"

说完他拍拍屁股站了起来，向我伸出手，"秘密说完了。很晚了，我送你回家吧。"

-6-

"别睡了，老师来了。"同桌好心地撞撞我的胳膊。

我慢慢悠悠坐起来，把面前的书随便翻到某一页，做认真看书状。

老师从我旁边走过去，带起一阵小风。我看着他的背影，发觉他没有再转回来的念头便又趴下去，用手撑着脑袋，看向右前方的位置。小A坐在那里仔细地翻着书。

其实想起昨天晚上的经历我还感觉是在做梦。

我使劲地盯着小A，想要从他身上找出昨天事情存在的痕迹，可是失败了。他还是平时那个傻乎乎、呆兮兮，对任何事情都不怎么上心的小A，旁若无人的样子让我怀疑自己可能得了臆想症。

我拉拉同桌的袖子，小声问她："喂，你觉得小A是个怎么样的人？"

"神经病。"同桌头也不抬地回答我。

"我说小A是超人你信吗？"

"神经病。"同桌继续头也不抬。在我就要问出下一句的时候，她却忽然抬头看了我一眼，"这句是说你。"

下课后我继续趴在桌子上，准备补一个觉。

昨天晚上小A送我回到家后已经很晚了,我躺在床上想着关于他的种种怎么都睡不着。所以现在瞌睡得要死要活的。

我换了个姿势,把手举起来看。

昨天这上面出现过一行字,可是现在痕迹却消失得一点都不见了。盯着手看了半天,字没看见,人倒是越看越困。干脆调整好睡姿,抓紧时间睡觉比较重要。

刚刚有一丝睡意,后面却忽然传来一阵嘈杂。

"没看出来小A这家伙还好这一口。"

"嘻嘻,我说他本来就不正常嘛。"

我一阵烦躁,吵什么啊,还让不让人睡觉了。

一边想一边坐起来,用幽怨的眼神看向后方。

男生甲和女生乙,还有一堆乱七八糟的人拿着一个本子边翻看边咂嘴。

我看着那个本子觉得有一丝眼熟,想了想便恍然大悟。这是小A昨天在仓库给我看的那个本子。我索性踹开凳子,走了过去。

"兄弟!拿别人东西干吗?"我盯着男生甲说。

"哦,是你啊,我跟你讲,小A那家伙交作业交错了,我登记的时候发现了。没想到这家伙竟然爱干这种事情,一个大男生整天写一些悲春伤秋有的没的。喏,你看看。"男生甲的座位在我旁边不远,是上课一起不听课的好战友,所以很友好地向我解释着。

我接过本子,翻看了下,发现就是昨天的那个本子,便扬扬本子向男生甲说:"随便看别人东西不是好习惯,东西我收下了,一会儿还给小A。"

"你倒是热心肠,连小A都帮了。随便你,记得叫他一会儿把作业自己送到老师办公室。"男生甲一副好笑的表情挥挥手,算是作罢。

我扭头看了一眼小A的座位,发现他并不在教室。便揣着本子继续回去睡觉。

放学的时候我叫住小A,掏出本子,"喂,你的本子。你交作业的时候交错了,我帮你拿回来了。"

"哦。谢谢啊。"小A接过本子冲我笑笑。

我皱皱眉头,因为我似乎又在他身上看到了昨晚超人的模样。我甩甩头打消奇怪的念头,"一起回家吗?"

"好啊。"

走在路上,我扭头看看小A,发现我才到他的肩膀。我撞撞他的胳膊,说:"你是不是有个双胞胎哥哥叫大B?"

"哈?"他好笑地扭头看我。

"唔……开玩笑,别理我。"我吃瘪地说。然后振作一下继续问他,"对了,你为什么会告诉我关于你的秘密呢?你不怕我说出去然后FBI来抓你去调查?难道就是因为我昨晚不小心撞到你在修补月亮?"

"其实不是啦。"小A不好意思地搔搔脑袋。"好几次我去修补月亮的时候,都看到你在巷子口喂一只小白猫,觉得你人挺好的。我从塔上下来看到你吃惊的表情,就觉得告诉你这个秘密应该没问题。"

"好哥们儿!"我踮起脚尖,用手勾住他的肩膀。他便又笑了起来。

-7-

时间过去很久,我和小A一直保持着不冷不热的关系。

有时候回家的路上会看到他背着大大的背包向废旧工厂走去。

我心情好就会跟着他去一起修补月亮,心情不好就抬头看看月亮,我知道月亮会吸走我的悲伤,然后小A会吸走月亮的悲伤。

自从知道了小A的秘密,我就觉得他其实是个坚强的人。

他告诉过我他也是莫名其妙得到这份工作的。就好像做了一个梦,醒来就明白自己必须有这么一个荒谬的职责了。

开始他也很抗拒,可是久而久之也就习惯了。

他说如果他不担当下来这份责任,那么大家就都不会开心的。反正总要不开心,不如他一个人不开心好了。听到这话的时候我心里对他油然而生出一种敬佩。

其实我们也都是小孩子,偶尔对生活抱怨一下也是可以被允许的。

可小A却一直挺着胸板不低头,恪守行规地做着自己的工作,从来不怠慢。

他说做人就应该像月亮一样，不像星星暗淡，也不比太阳耀眼，平平和和就好了。

他说这话的时候，还在苦思冥想着该如何处理书本上的悲伤。

我看着他认真的脸庞不禁晃神，我想我大概能理解之前关于小A在生活中有没有开心的疑问了。能做好一个令整个城市都为之动容的工作，我觉得其实小A已经是一个可以拯救世界的超人了。

-8-

有天放学，我破天荒地和一个同班同学一起回家。

走到路口，小白猫照旧过来蹭我的脚。

一旁的同学嫌弃地说："哎呀，好脏！"

我眨了眨眼睛，没说什么。

其实直到今天，我都怀疑和小A在一起经历的事情究竟是真是假。

同学忽然站住脚，她说："哎？你有没有觉得月亮忽然亮了起来？"

我盯着月亮旁一个拿着鼓风机的人影笑了起来，我说："那一定是超人在拯救世界了。"

返老还童

文 / 胡乐乎

-1-

故事一开始是一个年轻女子带着一个小男孩搬来小镇。

那天并没有什么不寻常。邻居调好闹钟准时起床上班;楼下的便利商店照常营业;楼上的老先生买好菜后走楼梯时,木屐发出"嗒嗒"的声音;女孩们穿着好看的衣服和心爱的男孩约会……

我所居住的这幢楼的对面是一间空置了很久的独立公寓。在那个寻常的日子里,门被打开了,然后我就看到了那个女子和小孩。

她看上去大概30岁,长得很漂亮。当你在路上看到一个30岁的漂亮女子时,也许除了感叹她的漂亮外还会感叹她的年轻。一辈子那么长呢,30岁算不得苍老。只是如今这个世界有些错位。很多才30岁的人非得悲天伤地的对自己的年纪无病呻吟,非得把自己弄得像一个十几岁的少女。

这个女子不同。一张素净的脸上脂粉未施,脸上始终带着淡淡的微笑。

这本来是一件很平常的事情：一个单身的漂亮女子带着一个小男孩搬来了小镇。这也的确没有在镇上引起任何轩然大波。她很多时候都闭门不出，即使偶尔出门买东西，见到别人也礼貌地问好。

连楼下便利商店里一向刻薄尖酸的老板娘也对她赞不绝口。可是老板娘对她的好感并没有维持多久。因为一个月后发生了一件事情。

当然，诚如你所见，每个故事都有它的起因。这件事情的起因是年轻女子将她的信息放在了镇上的交友网站。随后就每天都有各色各样的单身男子上门拜访。

我说过，她是一个漂亮的女子。虽然她并不热衷于打扮，但对厌倦了镇上女子长相的镇上男子来说，一样充满了魅力。

老板娘离婚好些年了。几年前，她托我将她的信息放上了那个网站，为此她还破天荒地请我喝了一听可乐，让我受宠若惊。可惜这些年来，除了寥寥无几的几个不入老板娘法眼的男子上过门外，再没有别的人约会过老板娘。而年轻女子的信息放上去不过几日，就算说门庭若市，也并不为过。我想，身为女子的你，也许比我更懂她的心情。

她叫赵然，30岁，未婚，带有一子。

这就是她留下的全部信息。

我每天总会留一些时间，透过房间的窗户，静静地观察她。不要误会，我绝不是传说中的偷窥狂。可能是由于骨子里与生俱来的好奇心：一个年轻女子来到镇上的第一件事就是征婚。如果她果真如此迫切想要嫁出去，以她的条件大可在别的地方找到比这镇上的男子优秀几百倍的对象。然而每天，我只是看见她礼貌地迎进拜访者，不一会儿，又将他们送到门口，彬彬有礼地送他们走。

她放上信息一个多月了，却从未见她应允过谁的约会。

老板娘没事儿就会盯着对面的房子，一阵神神叨叨。在我第三次敲了收银台时，她才肯将视线转移到我身上。

"许公子。"也许是基于一贯的交情，老板娘见到我，眉开眼笑。

"老板娘又在想你中意的谁了？"

老板娘很不屑地"哼"道："那些肤浅的男人！"继而又酸溜溜地说："不是谁都像许公子，看人不是只注意年纪、长相的。"

我笑道："可能我也很肤浅。"

"哦？"

我环视商店，问："老板娘，最近有卖的好的玩具吗？"

"变形金刚。"

"这么老的东西还有人欣赏？"

"有些东西是越老越经典。"老板娘摸着自己的脸，叹道："怎么就没有人觉得人也是越老越经典呢！"

"老板娘，给我拿一个吧。"

老板娘转身拿玩具，边走边说："许公子还童心未泯啊！"

我笑笑没有说话。我想老板娘要是看到我去哪里,也许下次连门都不愿让我进了。

-2-

开门的是赵然。她搬来这么久,我们只是偶尔在街上遇见打过招呼,至于登门拜访,这还是第一次。

赵然在厨房泡茶,客厅里只有我和那个趴在地上看书的男孩。

我把手里的玩具递给他。他抬起头看看,说:"如果你送我一本书,也许我会更喜欢。"

他没有接我的玩具,而是转过头继续看书。我耸耸肩,把玩具放在一边,坐到沙发上。

他突然抬头看着我,问:"你也是想和她约会的吗?"

"也许。"我说。

事实上我并不知道我为什么会来。因为自己的好奇心,还是因为自己也存了爱慕心?

"你会换灯泡吗?"

"什么?"

"她不知道从哪本书上看到说会换灯泡的男人最有魅力,所以她一直喜欢会换灯泡的男人。她过去常常抱怨我不会换灯泡。"

"当然,你还太小。"

"那么,你会和她结婚吗?"

"什么?"

"其实我并不是她的孩子,只是她领养来的。如果你介意我的存在,你们大可把我送回孤儿院……"

他突然一言不发,低下头去继续看书。

赵然端着茶杯过来,递了一杯给我。

"谢谢。"我接过茶杯。

她坐到我对面。"你是看到我的交友信息才来的吗?"

"是,我是看见了你的交友信息,"我急忙解释,"但我只是因为我们是邻居,觉得该来拜访你。我住在对面那幢楼。呵……"我自嘲道:"说是邻居是有些远了。"

"那些信息并不是我放上去的,"她说,"我并没有结交男友的打算。"

"你知道,我并不是因为这个来的,或者……"我看着那个小孩,指着他说,"或者我此行的意义是为了结交他。他很可爱,很有意思。或许我们能成为忘年交。"

我忍不住在心里懊恼自己找的可笑的借口。她没有笑,却认真地说:"他确实是一个很有意思的人。"

我们闲聊了一小会儿,我起身告辞,她也没有客气挽留,只是站起来送我。也许是为了让自己的借口更有说服力,以此挽回一些面子,我特意问了那个孩子:"嘿,小鬼,你叫什么名字?"

"本杰明。"他抬头懒懒地看着我,"你有没有看过电影《返老还童》？"

"当然。"

"我觉得我和他很像，所以我叫自己本杰明。"

-3-

虽然去赵然家的拜访多少有点让我颜面尽失，但好在老板娘并没有因为我去了赵然家而不让我进门。

"老板娘，你会不会为了拒绝那些想和你约会的男子而说那些交友信息不是你放上去的？"

"有时会。"

"哎，"我在心里长叹一口气，"果然是被拒绝了。"

也许我最初的确没有想约会她的念头，但想起被她立即用借口拒绝，生怕我黏上她的样子，心里还是有些沮丧。

老板娘一脸坏笑地看着我，说："许公子，别沮丧了，以你的条件还怕找不到女朋友？放心啦，隔天我一定给你介绍好的。"

我笑笑，凝视老板娘："老板娘，最近变漂亮了！"

老板娘摸着自己的脸，一脸烂漫地问："真的吗？"

还没等我说出对她肯定性的赞美，老板娘笑得一脸高温的脸突然降温至零下十度。我转头朝门口看去，正看见赵然走进便利商店。

"老板娘，有灯管吗？"

老板娘抬手一指,一言不发。赵然拿过灯管付了钱,朝我摆摆手,算是再见。

我心下一动,急忙追了出去。

"需要帮忙吗?"

她看看手里的灯管,笑道:"谢谢。"

我自己也并不明白自己此刻的心理,是真心想要帮助她,还是因为本杰明说她喜欢会换灯泡的男子。我也糊涂。唯一清楚的就是她并没有因此对我有了任何的刮目相看,甚至没有真心想留我喝一杯茶。

所以在帮她换好灯管后,我识趣地告辞离开。走出去时,看到本杰明正坐在门外的石阶上看着旁边的一群小朋友玩耍。

我坐到他身边。

"你怎么不去和他们一起玩耍?"

他转头看了我一眼,又继续看着他们。那一刻,我在他的眼睛里读到某种不属于他这个年龄的孩子该有的东西。

我听见他用沧桑的口吻说:"你有没有听过一首英文歌,大意是说黄昏的时候我坐在一边看孩子们玩,他们做的游戏我早已玩过,而他们却仍觉得新鲜。"

"你是在嘲笑我老了?"我佯装恼怒地说。

他笑笑,问:"许公子,你为什么叫许公子?"

"嘿,小鬼。虽然我这个人不太爱计较,又很平易近人,但你起码要叫声'叔叔'吧。"我不满地嚷嚷。见他不理睬,我只好说:"因为我很爱看武侠小说,夏天的时候又很爱穿着白衬衣，拿着折扇，潇洒地四处闲逛。别人觉得我这样很帅，很像小说里的公子哥儿，又因为姓许，所以就叫我许公子。"

"为什么不叫许哥儿？"

"因为许哥儿不好听。"

"因为你不同意吧。"

我翻着白眼，不再理他。他却从旁边拿起一本书津津有味、自顾自地看起来。我终敌不过好奇，问他："你怎么老是在看书？"

"因为以前太忙没有时间看。现在有时间了，自然要多看一些。看书能够获得心灵的平静。"

"就像这本书……"他把书拿给我看，"就像这本《追风筝的人》，里面有一句话与我相共鸣。"

"许公子，你是一个好人。"

似乎已经习惯了他说话没头没脑，对他突然话题极度跳跃说出这么一句话，我也没有很诧异。

"如果你和她结婚，你一定能够让她幸福。你们将来可以一起坐在门外看你们的孙子玩耍，就像我们现在这样。"

我愣了一小会儿，才明白他说的"她"是指赵然。

"你为什么不叫她妈妈？"

"许公子，"他突然一脸神秘地看着我，"在江湖上知道的秘密越多意味着你越危险。"

"哈哈……"

明白他突然的玩笑，我忍不住大笑起来。

也许和赵然的缘分只够成全我和本杰明。我和本杰明真成了忘年交，和赵然却并没有稍稍亲密的交往。

我还是会投入过多的关心给赵然。也许是因为生活的沉闷。这座小镇就像是一洼死水，对于突然注入的新水，我们这些早已枯涸且厌倦的鱼自然欢喜。

受过她的拒绝后，赵然家的访客也慢慢减少。我想起赵然用来拒绝我的那个借口。时至今日想起，我突然意识到，也许那并非是她的借口，她真的不想交男朋友。

而我不懂的是，她为什么不撤去她放在交友网站上的信息，那些信息，又是谁放上去的？又或者，其实她在等着谁？

这些胡思乱想，不仅没有想出答案，倒是加深了我对赵然的好奇。

-4-

也许是因为赵然门前冷落了，老板娘对她的敌意也降了不少。对她算不得笑脸迎人，也不似从前般恶劣。

那时，电视台正在热播一则广告。大概是讲镇里的研发中心新研发出了一种能让人变年轻的神奇药水。我对此一向都不会做出任何态度，只有心里寂寞难耐的人才会重复这种无聊游戏。如果有天，所有的人都对变年轻也厌烦了呢？那时要怎么办？

也许下次的镇民调查，我该提出我的疑问。

老板娘恰在这群无聊且疯狂的人里。我在便利店里看到她时，习惯了她脸上一贯的皱纹和黄褐斑，对突然一脸白嫩的她，竟一时没有认出来。

她摸着自己的脸，各个角度展示给我看。"怎么样，效果好吧？"

我点头，不无担忧地问："老板娘，要是哪天你厌倦了这种变老再变年轻的循环，你要怎么办？"

她一时有些错愕，转瞬，她又笑道："不是说车到山前必有路吗，怕什么？"

我无言。我们这群人，除非某天因为我们世界末日了，否则永远都长不了记性，记不住教训。

我走出便利商店，一抬头，却看见赵然慌张地从房里跑出来。我急忙追上她。

"赵然，你怎么啦？"

她就像溺水的人抓住救命稻草般抓住我，一脸的慌张无措。

她语无伦次地叫道："许公子，他走了，他走了……快帮我找他。他会做傻事的！"

她浑身都在战栗，似是要失去这世上最珍贵的东西一般害怕。我握住她冰冷的手，安慰她："走，我们去找他。没事的，他会没事的。"

她任我拉着她跑，嘴里喃喃说着："我们吵架了……我保证，只要他能回来，我都听他的，都听他的……"

本杰明并没有走远。他在跑的时候不知惹恼了哪只疯狗，在逃跑的过程中躲进了桥洞。

他大概是被咬伤了。我们找到他的时候,他满腿都是血,趴倒在地上。赵然走过去抱起他。他伏在她怀里。

我听到他说——为你,千千万万遍!

很久以后的某一天,我仔细地阅读了《追风筝的人》。哈桑对阿米尔说;阿米尔对哈桑的孩子说——为你,千千万万遍!

为你追风筝,千千万万遍都愿意。因为我想你得第一,想你获得荣耀。

为了能够找到一个能与你共赴余生的人,我不厌其烦地一次次为你准备相亲,千千万万遍。因为我想你获得幸福。

我选择放手,不是因为我不再爱,而是因为我已经爱到尽头。

"他很喜欢你,也很信任你,所以他想我嫁给你。我不同意,我们就吵了起来。"

本杰明的伤口已经处理好。注射完狂犬疫苗后,我把他们送回家。

"他就因为这个离家出走?"

"不。他觉得他拖累了我。他以为我不结婚是因为怕他受不了。"

"那你是为了什么?"我问。

赵然伸手抚摸着本杰明的脸颊,温柔地说:"我已经结婚了,又怎么能再和别人结婚?"

"哦?"我颇觉诧异,随即想起了网站上每天都被刷新的信息,心底猜疑是赵然为了刺激她的丈夫才故意发布的,那么,我那个小小朋友在其间,又扮演了什么样的角色呢?

"本杰明是你的孩子吧？"

我想起本杰明过去总是对我说他是赵然的养子。如果真的是养子，他不是应该担心赵然结婚后有了自己的孩子，会抛弃他吗？他明知赵然已经结婚，为什么一定要让赵然嫁给我？到底是什么样的遭遇让一个五岁的孩子宁愿离家出走，也要自己的母亲……重婚。

第一次，我在心里怜惜起自己的这个小小朋友。

"不，他不是我的儿子。"赵然说。

我陡然一惊，看向她，心里一个声音不停叫着：他说的是真的！而赵然接着说的一句话却犹如五雷轰顶，一时将我定格在那一秒，迟迟做不出反应。

她说："他是我的丈夫！"

本杰明以前说过的好些话就在那瞬间跳了出来：

——她过去常常抱怨我不会换灯泡。

——我觉得我和他很像，所以我叫自己本杰明。

——他们做的游戏我早已玩过……

——因为以前太忙没有时间看。

——为你，千千万万遍！

……

我从前一直以为只是他小孩子信口所说，而事实上，他说的每一句话，不是对我的嘲讽，而是他自己的悲哀。

"其实他今年已经95岁了，"赵然抚摸着自己的脸，"而我也已经70岁了……"

"那你们?"

"我嫁给他的那年刚过20岁生日,而他已经45岁了。别人都以为我看中的是他的钱,只有我知道,我是真的爱他。就算他穷得一无所有,我还是会嫁给他。他因为保养的好,看起来就像30岁一样。可你知道,一些岁月留下的东西是掩盖不了的,它一样会出卖一个人的年纪。很多时候我们一起出去,别人都以为他是我的父亲。虽然我一次次告诉他我不介意,但是他介意。于是他组织了一支医疗团队,专门研究可以恢复青春的药。每次有了成品,他都迫不及待地吃下去。在他56岁的那年,奇迹终于发生了:他的白头发一天天变黑;皮肤一天天变得光鲜;眼睛也一天比一天明亮。我们那时候高兴坏了。可是他很快发现,这种变化没有停止,就像时光在他身上一路回溯。他变年轻的不只是他的容貌,是他实实在在的年纪!"

"那么……你呢?"

"我?呵呵……"她笑道,"哪个女孩子年轻的时候不想保持身材,保持美丽?为了这些,我坚持不生孩子。他研究出的药我也吃过。也许是老天在惩罚我这种不守女孩子身体规律的人,于是我被永远地留在了30岁。所以说,一个人在什么样的年纪就该做什么样的事,就算身体衰老了也不应嫌弃。每一条皱纹,都是你活过的证据。"

"我们就这样变成了两个怪物。因为害怕被别人发现我们身体上的这种变化,他变卖了所有的一切,然后我们四处漂泊,不敢在一个地方逗留太久。直到光阴回溯到他18岁的时候,他意识到自己总有一天会变成小孩、婴孩,直至死亡。而我将带着我的30岁,长长久久地活下去。于是他开始张罗替我相亲。他总是企盼能够遇见一个足够好的男子。他能包容我身体上的怪象,至少能陪我几十年,给我依靠,给我拥抱,给我幸福。这个男子,也可以为了我能够幸福,为我寻找下一个可以包容我、给我幸福且能为我寻找的人。他是要把我的幸福变成一场接力,靠不同的人传递下去。他却忘了:除了他,又有谁能够给我幸福呢?"

"这么多年来,我从来都没有同意过哪次相亲,他也从来都没有像这次一样逼过我。许公子,他真的很喜欢你,很信任你。"

-5-

赵然终究是没有嫁给我,虽然本杰明离家出走时她说她会听他的话。毕竟我也不会答应娶她。

本杰明却仍为此闹着脾气。我承诺他,如果将来某天他真的离世,我可以代为照顾赵然并为她寻找一个可以庇佑她的人,他才罢休。

我不知道后来赵然对本杰明说了什么,又怎么说服他,本杰明痊愈后,赵然要带他搬离这里了。

他们走的那天,作为他们在这里唯一的朋友,我自然要去送他们。

本杰明看着我,说:"我很喜欢你说的那段关于'许公子'

这个名字的话。"

"那就送给你吧。"我故作轻松地说。

"以后若有人问我的名字,我不会再问他是否看过《返老还童》,我会问他是否喜欢武侠小说。"他说,"许公子,你好像从来都没有问过我的真名是什么。"

"叫什么?"我问。

"许公子。"

"什么?"我没有明白。

"许公子,谢谢你给了我们的名字这么浪漫的解答。"

我恍然,会心一笑。听他说道:"许公子,你承诺过的,以后若赵然回到这里,你会照顾她。"

我拍拍胸脯,说:"当然。这是我们男子汉之间的承诺。"

我看向赵然,"赵然,要是哪天倦了,就回到这里。到那时,我将送你一个关于这个小镇的秘密。"

我回去时路过便利商店。老板娘倚在门口看着我。

"为什么不留他们下来?我想,再没有一个地方能比这里更适合他们了吧。"

"也许他们想看看更多的风景。"我说。

住在这个小镇上的人,都是一群时光被搁浅的人。我们都曾经为了追求年轻,不计后果,最后终于停留在一个年纪,不老不死。

至于老板娘脸上的皱纹,不过是这个镇上的人为了模拟年老故意画的妆;而那些所谓的新药,也不过是用于洗去这些特殊妆容的特别的卸妆水。

长长久久的寂寞,看我们都病成了什么样子!

如果多一张船票，你会不会跟我走？

文 / 再见哈斯卡

-1-

利维坦被吓哭了。

天色如墨，暴雨如注，滔天巨浪铺天盖地出现在视野里，直打得他晕头转向。

滚烫的泪水混着冰凉的海水，一同灌进嘴里，苦涩而又令人窒息。利维坦从来没有想过，大海是这般恐怖。

他的的确确被吓哭了。

电闪雷鸣。

短暂的明亮过后，整个世界仍然是无边的黑暗，充满了毁灭的恐怖气息。

利维坦艰难地在海面维持着平衡，忍不住瑟瑟发抖。

出海前，妈妈说的话萦绕在他的耳边："你长大了，该是个顶天立地的男子汉了，就一定得去征服大海！"

而现在，利维坦嚎啕大哭："我不做男子汉了呜呜呜！……"

利维坦越来越害怕自己会被海水淹死，被海浪打死，被海洋吞没。

"我想回家!"

又是一道惊雷,紧接着巨浪滔天。

一个黑色的身影出现在浪涛顶峰,传来足以令大海失色的巨声咆哮:

"男子汉,永远也不准哭!"

利维坦呆呆地仰头。

浪头之上,一艘巨大的战船驾驭着凶猛的大海,破浪而至;甲板之上,一个男人浑身都被光芒笼罩住似的,振臂一呼。

那一瞬间,黑暗的世界好像被点亮了。

而浮萍般漂浮不定的利维坦,终于得救了。

后来他才知道,这个顶天立地模样的男人叫做昆卡。

-2-

风和日丽。

大海平静如初。

利维坦昏迷不醒,脸色发白,浑身不自觉地战栗。

昆卡慢慢悠悠地从怀里掏出一瓶烈酒,蹲下来,把酒滴在利维坦干枯的双唇上。

随着喉结上下翻动,利维坦的脸色渐渐好了起来,冷冰冰的身体也终于变得暖和。

突然间,利维坦一个激灵跳了起来:"你给我喝的是什么?

呸呸呸，毒药么！"

昆卡笑眯眯地站起来，望向身形巨大的利维坦："想不到你这么一个大家伙，不仅是个爱哭鬼，还是个不敢喝酒的怂货啊！"

"酒？"利维坦舔了舔嘴唇，叫道，"骗人！你给我喂的肯定是毒药！"

昆卡扶着腰间的深海巨鲸之刃，道："我要是想害你，你又怎么会活到现在？"

利维坦听闻，缓缓低下了头。

身影庞大的他，在这一刻看起来像是个犯了错的孩子。

久久的沉默后。

"船长，您方便来一下么？"有水手喊。

昆卡道："傻大个儿，你要是准备这么一直哑巴着，那我可就不管你了。我得回去管理船员。"

说完，昆卡转身就走。

"等等。"利维坦开口。

"怎么了？"昆卡回头。

湛蓝的天空之下，纯白的帆布在风中鼓动，不时有海鸟鸣叫着穿过金黄的阳光。

利维坦不好意思地抬起了头，咧开巨大的嘴巴，小声地说：

"我饿了……"

-3-

昆卡指挥水手，把船上所有风干的磷虾都拿了出来。

等到利维坦把小山那么多的磷虾全部吃完之后，昆卡才清了清嗓子，说："傻大个儿，先说好，我可不能白养你。我看你虽然是个爱哭鬼，一点也没有男人的气概，但皮糙肉厚的，挨打应该是没有问题的。"

利维坦咂吧咂吧嘴。

昆卡接着说："以后你跟着我混，管饱。我只要求你在战斗的时候，冲在最前面就好。如果可以，就说话；要是不可以，你现在就可以走了。"

利维坦没有正面回答。

他咧开嘴，委屈巴巴地说：

"我……我还能吃下一条凤尾鱼！"

昆卡哭笑不得，摇了摇头，吩咐船员继续喂饱这个傻大个儿。

这天晚上，万里无云，月光澄澈。

平静的大海上，利维坦就这样，成了舰队统帅昆卡的临时船员。

-4-

水手们渐渐有了怨言。

"这个傻大个儿胃口太大了，白白养着他，迟早会把我们饿死!"

"就是,真是不懂船长在想些什么啊。"

而昆卡,则耐心解释:"那天发现他的时候,冰冷刺骨的海水没有杀死他,就连恐怖的惊涛骇浪也没能摧毁他,你们不觉得,他是个身体素质绝好的怪物吗?"

底下有水手发出了嘘声。

"切,爱哭鬼而已。"

接着爆发了哄笑声。

昆卡摇摇头,等到哄笑声小了下去,才严肃地说:"我是你们的船长,会永远对你们负责。我相信他。如果我真的看错他了,不用你们说,我也会直接把他赶走。"

水手们这才默不作声。

蹲在角落里偷听的利维坦,也默不作声地抹着眼泪。

他小声地自言自语:"我也不想哭,我也想当一个男子汉啊……可我就是怕啊,我能怎么办啊……我也很绝望啊……"

过了好久。

昆卡的两只靴子出现在利维坦低垂的视线里。

"都告诉过你了,男子汉,永远不准哭。我相信你,一定是个很棒的男子汉,对不对?"

利维坦哭得快要没力气了。

昆卡踮起脚,摸了摸利维坦圆滚滚的肚皮,以示安慰。

利维坦这才擦擦眼泪,咧开嘴,说:"对……可是我饿,我还能吃下一条海参!"

-5-

利维坦果然是个皮糙肉厚的怪物。

吃得多,战斗力也足。

虽然他并不明白什么作战技巧,但手里不管握着什么武器,铁锚也好,吃了一半的鲨鱼也罢,随意一挥都能击倒一大片的敌人。

面对战斗力不强的商船,昆卡的船队简直就是摧枯拉朽般的大获全胜。

欢呼。

响彻天际的欢呼声。

水手们在得到批准之后,开了一瓶又一瓶的香槟庆祝,纷纷赞美昆卡英明神武。

载歌载舞,灯火通明。

昆卡来到甲板上,举起手,搭在了利维坦的后腰上,道:"你可是最大功臣,怎么不去和他们一起喝酒?"

利维坦望着远方的海平线,有些不好意思地挠了挠头:"我不会喝酒。"

当啷一声。

利维坦回过头。

原来是昆卡用朗姆酒瓶碰了一下他的巨大后背。

"我的朗姆酒是用甘蔗糖蜜酿的蒸馏酒,已经是最甜的酒了，你确定不试一试？别人求着我要，我还不给呢。"

利维坦坦白道："我也不是不想喝你的酒，主要是……我真的太饿了，呜呜呜……"

昆卡翻了个白眼："……好嘛，我就知道。"

顿了一秒。

一高一矮两个人，就在这皎洁月光之下，相视大笑。

-6-

日子一天天过去。

利维坦随着昆卡，已然游历过世界各大海域，并且无往不胜。

所有人都知道，有这么一艘海盗船，船头永远站着一尊四五米高的庞然大物。你一旦被盯上，除了性命和船，什么也留不下。

可以说是臭名昭著，也可以说是名扬四海。

昆卡不在乎。

因为他曾经是帝国的舰队统帅，向来光明磊落，却被人用奸计陷害。为了自己的船员不被迫害，不得已才逃离帝国，从此成为海盗。

对他来说，只要自己的船员们还能大声欢笑，即使遗臭万年也无妨。

利维坦就更不在乎了。

只要能吃饱，他什么都不在乎。

可有一天，利维坦又哭了。

昆卡道："记得么？男子汉，永远也不准哭。"

利维坦哭哭啼啼地说："我想妈妈了。"

昆卡一愣。

随即大笑。

"我看错你了。"

利维坦问："我怎么了？"

昆卡道："我以为你是饿哭了。"

利维坦难得的没有犟嘴，也没有耍宝，而是沉默地望向了远方。

昆卡的笑意慢慢凝结，也渐渐沉默。

再漂泊的浪子，也总有一个地方是归宿。

家。

昆卡已经没有了家，对他来说，这艘船就是他的家。

可利维坦呢。

他虽然作战勇猛，可毕竟还是个不敢喝酒、时常哭泣的大男孩啊。

昆卡拍了拍利维坦的后腰，轻声地说："失去了你的庇护，我们的船可能会遭到全世界的攻击……即使是这样，你也一定要离开吗？"

利维坦不说话，只是死死地盯着海洋尽头。

昆卡叹了一口气，道："好。我批准了。"

利维坦惊喜地转过身，两眼放着光芒，一把将昆卡举起来，大声欢呼:"昆卡万岁!"

昆卡被举到空中,也不说话,只是宠溺地笑。

-7-

利维坦终于回家了。

一身伤痕,见证了他的成长。

强健的体魄与坚毅的眼神,更是让人毫不怀疑,他已经是个顶天立地的男子汉了。

妈妈泣不成声,捧住利维坦的脸:"让妈妈看看你,让妈妈好好看看你……"

利维坦卸下一身坚强,像个大孩子似的咧嘴一笑,说道:"妈,我饿了。"

回到家之后,利维坦顿顿都能吃上新鲜大餐。

吃的不再是船上咸涩的鱼干,喝的也不再是船上没有味道的蒸馏水。

脚下的大地也不会再像以前那样摇晃个不停了。

陪伴着自己的是好久不见的妈妈,再也不用担心醒来之后就要去和敌人战斗。

一切都是这么美好。

可利维坦却觉得缺了点什么。

缺了什么呢?

利维坦不知道。

直到有一天,他在海边散着步,低头看见了自己的倒影。

影子的眼睛,没有神。

再也不是当初征战四方、与水手们肆意大笑时的那双眼睛了。

利维坦恍然大悟。

"妈,我还是舍不得大海,我要做一个潮汐猎人,永远站在潮汐之巅!"

妈妈欣慰地点头:"你终于长大了,是个真正的男子汉了。"

利维坦告别妈妈,连忙去找昆卡。

很多事情都是这样。

往往失去了的,才懂得珍惜。

还好利维坦明白了这个道理,不算太晚。

-8-

茫茫大海,要怎么才能找到一叶孤舟呢?

利维坦不是一个聪明人,只能用笨办法。

硬找。

找遍天涯,寻遍海角。

一连数月,一无所获。

利维坦难过地说不出话来了。

往昔岁月如涨潮海水般涌上心头——

昆卡宠溺地笑,说:"好。我批准了。"

昆卡面对所有人的质疑，说："我相信他。"

昆卡站在浪头居高临下，大喝道："男子汉，永远也不准哭！"

那一喝，有如当头一棒，唤醒了利维坦。

木船太慢，利维坦跳下水，发了疯似的往最初相遇的那片海游去。

没有休息，也没有疲倦。

他就这么一直奋力游着，傻乎乎地游着。

他相信，路程虽远，但只要一直在走，就总能到达。

不分昼夜，不避风雨。

历经千难万险后，利维坦总算是到达了那片海。

熟悉的背影，跪在木板上，随着海浪起起伏伏。

游近后，利维坦才发现，从不落泪的昆卡，却哭成了泪人。

他说："男子汉，永远也不准哭！"

昆卡听了，呆滞地缓缓抬头。

看到是利维坦，才勉强挤出一个笑。

"什么都没了。都没了。"

利维坦一把抱住昆卡，把他扛在自己的肩上。

原来。

自从利维坦离开船队之后，威慑力大减，从前的仇家们接二连三地找上门。

失去利维坦的庇护，又怎能抵挡得住来势汹汹的敌人？

不出一个月，船员们死伤惨重。

昆卡红着眼眶，不由分说遣散了所有船员。

在炮火中，誓要和自己的船共存亡。

可最后，船毁了，人却没死。

利维坦小心翼翼地戳了戳昆卡的胳膊，认真地说：

"我帮你找回船。"

-9-

传说中，有一位从地狱归来的神明，被人们尊称为船神。

所有人都说，他的法力无边。

既然法力无边，那么重塑一艘船，必然也没有问题。

历尽千辛万苦，利维坦总算见到船神，说明了来意。

船神却举起恶魔手臂，说："我太寂寞了。"

利维坦脸一红："这……我也是个汉子……不太好吧？"

船神厉声喝问："你在想什么？我说的是，从地狱归来后，我的实力太过强大，从来没有遇到过对手。太寂寞了。"

昆卡低声解释："敢和船神作对的人，最后都被变成了一条鱼。"

船神接着说："只要你能打败我，让我体会失败的滋味，那我就答应你的请求。"

利维坦挠了挠头："还有这种要求？"

说着，还是向前踏了一步，决心应战。

昆卡急忙拦住利维坦，说道："你要是输了，会被变成一条鱼！"

利维坦咧嘴笑了笑，说道："可你身为船长，不能没有船。"

利维坦义无反顾地迎战船神。

只见船神的恶魔手臂光芒一闪,身形庞大的利维坦果然在一瞬间被变成了一条鱼!

昆卡惊呼,抽出深海巨鲸之刃就要冲上去拼命。

令人诧异的一幕发生了:随着船神的死亡一指,受到巨大伤害的利维坦,竟然从一条鱼,又恢复了庞大的身躯!

昆卡愣在原地。

船神惊恐地退了两步:"海妖,海妖!你是海妖!"

利维坦不好意思地挠了挠头:"是。"

面面相觑。

良久,还是船神先打破了沉默,说道:"既然你是海妖,那我也就没有纠缠下去的必要了,我的确打不过你。"

昆卡仍愣在原地,好像是对利维坦的海妖身份不能接受。

船神愿赌服输,运用无上法力,重造了一艘幽灵船,随后使用闪烁匕首,消失在利维坦和昆卡的视线里。

-10-

海浪声此起彼伏。

昆卡却低头沉默。

利维坦咬了咬牙,落寞地转身离开。

没走两步身后就传来昆卡的声音:

"嘿,你往哪儿走?!"

利维坦头也不回,哽咽着说:"回家啊,我一个海妖,怎么能和你一直在一起……"

咣当。

不知什么东西砸到了利维坦的后脑勺。

是一瓶朗姆酒。

利维坦捡起酒瓶,回过头,昆卡正站在幽灵船的甲板上,大衣随风鼓动。

正是初次见面时的英姿。

"回什么家,留下来和我一起喝酒吧!"

利维坦呆呆地看着昆卡的笑脸。

"你不嫌弃我的海妖身份吗?"

海风卷着昆卡的声音进入利维坦的耳朵:"笨蛋!你是我的船员,就得一辈子归我管,我才不管你是海妖还是什么呢!"

利维坦听着昆卡的话。

他一直觉得自己早就长大了,是个男子汉了,不该再哭了。

可这一刻,他还是没有忍住。

点头之间,不觉已是热泪盈眶。

风声大作,昆卡的大衣鼓动起来。

"嘿,男子汉,永远也不准哭!"

爱意退化综合征

文/杨熹文

-1-

在听见孙圣用钥匙拧开门锁的那一刻,坐在客厅里盯了时钟3个小时的周宁已经压不住自己的脾气,劈头盖脸地骂开来:"不是说好5点回家吗?这都已经8点钟了,你到底有没有记性,怎么总是让我等,你倒是说说看啊,这么晚回家你去哪了……"

孙圣垮着脸,不敢出声,低着头脱鞋。早上还擦得锃亮的皮鞋,到晚上就被刮坏了一块,孙圣心疼地想着,斜着眼瞥见门口半身镜里的自己,竟吓了一跳,自己什么时候变成这么狼狈的一个人了?头发油腻地塌在前额上,胡茬呲出来一片,西服皱巴巴的,胸口和袖口都留着新新旧旧的咖啡渍。镜子中的那个人,半只鞋狼狈地穿在脚上,另一只脚上的白袜子黄得厉害,他低下头,大脚趾从袜子里钻出来,厚厚的指甲青面獠牙。这副样子,让孙圣想起冰箱里那个放了两个月没来得及扔掉的西红柿,他和它们一起坏掉了。

周宁赌着气,"嘭"的一声关上卧室的门,叽里咕噜的声音从门缝里钻出来。孙圣在这些声音的间隙叹了一口气，盯着皮鞋上的划痕，心疼它，也更心疼周宁。昨天的周宁还记得孙圣连续加班一个多月，是为了给半年后的婚礼攒钱，还特地为了慰劳他下厨做了好几个菜，而午夜 12 点一过，她脑中的橡皮擦准时发挥效用，已经完全忘掉了他的这份好。

冬日的夜黑得太早，疲倦和饥饿一同袭来，孙圣打开冰箱的门，扔掉那个腐烂的番茄，他还是搞不明白，可怜的周宁怎么会患上这种病？

-2-

周宁得了一种病，每天都忘记孙圣的一份好。

这不是周宁第一次发病，早在半年前，这该死的病就已经初见端倪。起先是一个平常的周日下午，孙圣照旧躺在沙发上看书，周宁在电脑上写字，墙角的猫伸了个懒腰，阳台上的竹子又冒出一小节，所有的事物都维持着应有的美好。突然间周宁转过身，把电脑"啪"地合上，备足了吵架的气势，用从未有过的尖利嗓音质问着孙圣："哎我说孙圣，你怎么就不能像别人家老公那样在周末去赚点外快啊，非得在这看那没有用的闲书？"孙圣打了一个激灵，半天没反应过来，周宁的话让他受伤不小，连续几天都在家佝偻着背走路。

他想不通，周宁一向体贴温和，当时看上自己不就因为这分书生气吗？怎么现在也像那些庸俗的小妇女一样咄咄逼人了？

接下来周宁的一次发病，是在孙圣公司的聚会上，周宁作为家属出席，一抹淡黄的裙子给足了孙圣面子。席间几个臃肿的男人互相推着酒杯，吐沫横飞地讲着荤黄的笑话，半眯的眼睛透出一股世俗的丑态。平日里周宁最讨厌这种无意义的聚会，可是一直一言不发的她，看着在旁边喝着橙汁的孙圣，却近乎嫌弃般地脱口而出："男人要是没有个酒量，还算什么男人啊？！"害得孙圣在席间尴尬了很久，半天也呛不上来一句话，他在一群肥腻男人的哄笑声中失了神，一时间只看得到周宁嫌弃的目光。

再后来，周宁的行为几乎不可理喻，总是突然间地嫌弃孙圣的"准时""老实"和"为人憨厚"，或者没头脑地质疑他的"晚归""体贴"和"忠诚义气"。这样的状况频繁地发生，某一天，孙圣蹲在厕所里心烦意乱地看着报纸，忽然间就乱了神。报纸这面的一版写着"科学家对艾滋病治疗有了新发现"；那边的一版写着"举世震惊的心理疾病暂时还没有研究出新的治疗方案"。这个几乎被判了"死刑"的心理疾病，指的是患者每天忘记自己身边最亲近的人的一份好，随着时间的流逝，终究一点点忘记对方的全部，而从此形同陌路。就是在那个下午，孙圣在厕所里，对着一张报纸，眼泪掉得七零八落，他已经在心里为周宁确诊，他的爱人，不幸得了这种病。

这样的状况已经持续了整整6个月，周宁发病的次数越来越频繁，她和孙圣一起担忧着这种病。

他们去过很多家医院，带着殷切的心情，光红包都送了三万八，可是大多数医生都摇摇头，"这是最难的病，医学界没有找到治疗方法，连减缓发病频率的药都没有。"也有过一些医生开出莫名其妙的药方，摆出权威的架势，"目前医学界只有我开出去的药是最有效的，上个月还成功医治了2名重度患者。"周宁照着方子老老实实地吃了3个月，愣是活生生地被折腾出了失眠、抑郁的症状，还胖了10斤，却没有看到一点点功效。他们甚至去了传说能包治百病的老阿婆那里，据说这个老阿婆曾经治好过阿红的不孕和王小峰顽固的湿疹，连周宁都狠下心来，"就算让我吃癞蛤蟆，我也豁出去了！"可是老阿婆拉着周宁的手，定定地看着她的眼睛，半晌叹气，"回去吧，姑娘，没有治了。"然后她转身重新钻进屋子里，继续熬那锅味道刺鼻的蛤蟆汤。老阿婆并没有告诉周宁，周宁的眼睛里只剩下一个敞开的大门，却并没有人住在那里面。

-3-

几年前的周宁可不是这样的。她是好端端的一个姑娘，孙圣一直觉得自己捡了宝。他没有什么恋爱经验，谈过几次对象，都因大大小小的缘故告终。孙圣来自县城，听惯了亲戚朋友的催促，一度小心翼翼擦着30岁的边缘走路，也不肯就这样随便去爱什么人。后来在和朋友聚餐时，他一眼看到了周宁，胸腔里"轰"的一声响，心跳漏了好几拍。

周宁和孙圣遇见过的其他姑娘都不一样。她没有她们漂亮，不戴美瞳也不贴双眼皮,小鼻子小眼,脸颊上还有点小雀斑,却自有一种不施粉黛的秀气。更可贵的是,周宁没有那些姑娘们庸俗,她活得很清楚,爱得很明白,从最开始就懂得珍惜孙圣的老实和忠厚,她深知身旁的爱人,有着这世间男人最难得的品质。后来他们搬到一起住,把日子里别人过不出来的好滋味都过足了,没有人不羡慕这对亲热的小情侣。别人家的女人和老公吵架的时候都尖酸刻薄地喊:"你看看人家孙圣,对周宁多好,你再看看你……"而别人家的老公也在家庭矛盾后的夜里,默默地后悔,"当初就怨自己虚荣,找个好看的,哎,要是找周宁那样的姑娘,既体贴又大气,现在日子就好过多了……"

-4-

可是这么好的姑娘,就偏偏患上这种病。

周宁对孙圣描述过很多次这种病的症状,她说自己真的控制不住,心里仿佛埋伏着无数个炸弹,孙圣的一言一行就会触碰到雷区。这些炸弹,是谁安装的,又是谁引爆的,会因为什么被引爆,她一概都不知道。每天午夜12点,她就会被一阵突然的心悸惊醒,胸腔像是被人捶打了一次,她就知道,孙圣的又一项好,从此就从她的心里消失了。她为此变得忧郁,又不肯和人交谈,这种病哪里好意思和人去讲。有一次周宁和闺密一起吃饭,一桌人都在称赞自己的男朋友,她却控制不住般地数落起孙圣,当着别人的面,嘴巴像是关不紧的冲锋枪,把孙圣大大小小的缺点都说个干净。她试图用咖啡堵住自己的嘴巴,可是它们又全部流出来,她塞蛋糕到嘴巴里,可是蛋糕却蛮着劲挣扎出来,连奶油都擦在她胸口。周宁在那一秒觉得,她好像在听另一个人讲话,讲着一个和自己没有半点关系的人。那一晚,餐桌上的闺密们各自回到家,搂着自己的老公,心里得意得想,"看来那孙圣也不怎么样嘛!"而有两三个睡不着的女人,在看到报纸上连日报道的心理疾病时,心里一惊,周宁这丫头不会是病了吧?!

周宁最怕好事儿的闺密打来电话,她自己早已想好一套说辞,"这种病好可怕,我有听说,哎,你说要是有人得了这样的病,那还了得?!"她扮演得那样轻松,就像在说一个不相干的人,然后挂下电话,还没稳定住情绪,就大吼孙圣:"是不是你多嘴把我的病告诉别人了?!"她这会儿又忘了孙圣保守秘密的好品质。

周宁的病对于这场感情,简直就是一场灾难,两个人本来已准备谈婚论嫁,周宁也体贴地说过"婚礼咱不用办大,简单些就好……"孙圣为了周宁的这句话,偷偷地叹气了好久,发誓要给她一场最完美的婚礼。

-5-

孙圣的父母一辈子住在小城市,有着憨厚善良的好脾气,一心一意地惦念着儿子和准儿媳。周末孙圣带着周宁回家看望父母，不料周宁却在餐桌上频频发脾气，孙圣的妈在儿子临走时候偷偷塞给他一个厚厚的信封，"儿啊，人家是嫌咱家穷了吧，哎，那么好的姑娘，也不能苦了人家，这点钱，你拿着，爸妈老了，也不需要啥了，你俩好好过比啥都强。"几周后孙圣又去拜访了周宁的父母，周宁的父母本来就抱着居高临下的姿态，听见女儿的抱怨，更是留了心："年轻人玩一玩是可以的，要是不合适，就不能再耽误各自的前程了。"周宁的父亲，一副"早知道"的表情，把烟圈吐在孙圣的头顶上。

孙圣佝偻着背，心里委屈，也没怪周宁。回家的路上，孙圣拉着周宁的手，那双手暖暖的，还能感觉到爱人的温度，他看着周宁的侧脸，眼泪止在了眼角。

孙圣拼命地赚钱，卖力为婚礼做足一切准备，终于在年底凑够了一套公寓的首付。在那个应该欢庆的晚上，周宁止不住地数落着孙圣，她说："你怎么这么邋遢啊！"她说："谁眼瞎要嫁给你！"她说："呸，这是什么房子，哪有××家的好！"她一边说，一边哭，她的每个词都是毒药，刺向无辜的孙圣，也扎痛了自己的心。孙圣这个七尺男儿，对着新房，号啕大哭，不是为了周宁的话，而是他知道，他就要失去她了。

周宁果真把孙圣的好一样一样忘掉，就像报纸里连日报道的那样，没有一丝康复的希望。周宁有一次甚至拼命咬着舌头，还是让办公室的同事听见了"孙圣在外面有别的女人啊。"更有一次她就像一只猴子，在家庭聚会时上蹿下跳，大喊着"孙圣，你朝三暮四，对得起我吗！"老实巴交的孙圣欲哭无泪，自己已经糟糕到这副模样，哪里还有别的女人敢接近他？大多时候的孙圣，只是沉默，那是男人对于哭泣的另一种表达，他尽量多赚一点钱，多爱她一点，把所有她喜欢的东西统统装进这个房子里。孙圣无助地想，如果有一天周宁把这份爱情忘得一干二净，那这一屋子的点点滴滴，是不是就会让她爱屋及乌地重新爱上自己？

周宁用了235天，终于一样一样地忘掉孙圣的全部好，连最后的"爱人"，也在今天都忘了个干干净净。午夜的周宁从睡梦中醒来，看见身边的人吓了一跳，这不是几年前在朋友聚餐时遇见的那个平庸的男人吗？自己怎么沦落到这么失败，要和他睡上一宿！她坐起来，穿上拖鞋，蹑手蹑脚地拉开房门走出去，在关上门的最后一刹那，不禁心生感慨，这个家里什么都有啊，竟然和自己梦想过的家一模一样。她唏嘘着，头也不回地走进深夜里，就像没爱过，也似乎随时准备去爱另外一个人。

-6-

周宁离开后，孙圣对生活彻底失去了向往，一个原来200斤的大汉瘦得如麻秆一般，守着一个满登登的房子，眼神却空荡荡。在那张地方报纸颇为明显的板块上，专家把周宁的病例当作典型，把孙圣和周宁的爱情细节都分析了个底朝天。那上面说得可真扰乱民心，周宁的例子绝对是一个反面教材，一时间造成了社会的巨大恐慌，甚至有医生言辞激烈地说："一旦发现身边的伴侣患上这种不治之症，为了防止造成不必要的困扰，最好的办法，就是把病人送到省城的医院做隔离！"

人人都看到了那字字揪心的报道，却掠过孙圣的那张照片。没有人关心，30岁的他昨日头发还黑亮，今天却泛起一片白茬，他的胡子很久没刮，衣着也是肮脏而邋遢的，整个人显露出50岁的沧桑，看起来就像是头受伤的野兽。他那双曾经坚毅而认真的眼睛，此刻无助又迷茫，那里面曾装满一个爱人，可如今连一丁点生的向往都不见了。

孙圣用了好久，才走出周宁离开的阴影。他几乎试过每一种找到周宁的方法，都一一落了败——他去周宁父母家敲门，一对陌生的小夫妻从门缝里疑惑地问他："谁？谁是周宁？"他给周宁的朋友打电话，可是他们都在说："咦？好久没和她联络了呢！"他去周宁的工作单位，一次次闯进领导的办公室，那位身居高位的男人终于对着电话说："保安，来把人请出去！"孙圣甚至去周宁最喜欢的餐厅，把自己赚来的每一分钱都用来点菜单上的每一道菜，在喝光那瓶价值5万块的拉菲后，孙圣倒在餐桌下，世界已经天旋地转，他还喃喃地说着："周宁，你来不来啊？"

没有人知道周宁去了哪里，而孙圣终于在一次次的挫败中接受，他大概永远地失去了周宁。

-7-

一年后,孙圣终于振作起来,而不可思议的是,一向对理科无所了解的他居然报考了从医资格证。这是个天生理科短路的人,坐在一群20岁的年轻人中间,推理不懂的公式,问可笑的问题,交糟糕的答卷,可5年的课程结束后,他竟然作为全校最优秀的学生,站在礼堂里代表所有毕业生发表感言。当偌大的礼堂响起了掌声,孙圣闭上眼睛,眼泪从眼角流下来,他多么希望周宁在这里。

孙圣顺利地得到医院的一份工作,坚持做神经科的医生,主治依旧没有被攻克的爱情心理疾病。没有人明白他为何执着地做一份不讨好的工作,这个科室单单是上个月就发生了13起袭医的事件,来来去去的医生已经换了二十几个。可这个令人质疑的局面,渐渐地就有了改观,谁也不知道这个整日坐在408室的医生怀有什么绝技,把那些患了重病的男人女人都变回了正常人。渐渐地大批媒体涌向这所医院,院长享受地面对着镜头,"我院是唯一一个可以治愈这种疾病的地方,我觉得这个可以放在你们报纸的头版上嘛!"

孙圣从不参与这样的采访,他总是一个人坐在诊室里,研究那些别人不愿意花时间的内容。大家都在说:"哎,知道吗,408室新来的医生特别帅啊,是那种特别忧郁的气质啊!"

一个伤心的男人总是带着别样的魅力,医院里人人都知道孙圣单身,从独居多年的女医生,到刚刚毕业的小护士,再到那些慕名而来的女患者，没有人不想用雌性的温柔，为孙圣舔舐那隐藏在内心深处的小伤口。孙圣远离着每一个人的好意，只在夜深时想起她们的脸，那些女人各有各的好，只是没有一个是周宁。多少个夜里他从抽屉里一个隐秘的位置拿出周宁的照片，狠狠地哭到了天边发白，他多么想知道，这些年她过得好不好？嫁人了吗？真希望她比从前更幸福，拥有她曾经梦想的所有东西。

-8-

孙圣在这家医院里做到第五年的时候，已经医好了13987个患者，这不是他统计的结果，而是报纸和电台的跟踪调查。这五年内，当年独居多年的女医生找到了归宿，刚刚毕业的小护士也生了娃，那些慕名而来的女患者也和好男人成了家，只有孙圣，把每一天都重复成相同的模样。他依旧瘦削，带一脸别人无法读懂的忧伤，坐在那张老朽的桌子前，一次次抬起眼轻声说："您好，请问我有什么可以帮助您？"

那一天，坐在对面黝黑憨厚的男人，一脸心事重重地说："医生，我也不知道自己这是怎么了，看过太多医生了，也治不好！每天午夜12点一过，我就会被一阵突然的心悸惊醒，胸腔像是被人捶打了一次，那之后我就会忘记我媳妇的一项好，现在越来越瞧不上她了，我媳妇和我因为这病都快过不下去了！"

这时一个长发的女人闯进来，一脸的紧张，把藏在怀里的厚重红包推到孙圣的面前，"孙医生，我们坐了一天一夜火车来这，排了两天队了也没挂上号,把家里最后的两万块全给了黄牛党,我们现在真的已经倾家荡产了!求求您了孙医生!救救我们吧!"

孙圣抬眼,声音竟因为干涸而嘶哑:"周宁?"

几个月后,孙圣莫名辞了职,院长说:"不懂现在的人在想什么,待遇这么好也不满足,他这辞职就算去别的医院也是要后悔的!"漂亮的小护士们也猜想着:"怕是孙圣秘密结婚了吧?好歹现在也是个公众人物,被人知道婚事就是头条啊!"也有医院的老员工端着茶杯,权威一般地说:"哎呀,你们说得都不对,人家大概是赚钱够多,移民去美国了呢!"

孙圣没有重操旧业,也没有结婚,更没有移民去了哪个国家,没有人真正知道孙圣去了哪里,他曾经传神的医术也只是变成了医生档案中短短的一句话,在那档案中,所记录的最后一个患者是郑大伟,家属那一栏写着周宁的名字,那张发黄的纸张上面,轻描淡写地记录着,"这是一宗疑难杂症,孙圣用高超的医术,为医学界贡献了巨大的力量。"

5年之后周宁走在家附近的公园里,拉着老公的手,抚摸着腹中的孩子,突然心生感慨,庆幸着:"老公,还记得当年那个孙医生吗?幸亏他啊,治好了你的病,都没管咱们要一点儿医药费呢!说来奇怪,他为什么不再做医生了呢?"

"谁知道呢?可能钱也赚得够多了吧!"郑大伟和周宁停在公园的一角,春天恰巧在这一刻降临,他们互相亲吻,共同期待一个新生命的降临。

这样相爱的两个人,多么像十几年前的另一对恋人。

Part 4

与 青 春 有 关 的 故 事

他可能不喜欢你

文 / 珞少爷

1. 尴尬的情人节

电影里面舒淇和陈坤劫后余生已经抱在一起了,我周围的小情侣也都相互拥抱起来,电影院里的温度已经够热了,就连我的手心都出了密密的一层细汗,他们仍不管热意,想来也是真爱无疑。

而我身边的呆愣子张一帆还在紧紧地盯着屏幕看,我小心地伸出手指想要碰他掌心,但是他毫不在意,依然盯着屏幕,掌心也没有丝毫弯曲,一片坦荡荡,倒是要流氓的我,不好意思地收回了手指,夹了颗爆米花。

"傻子,你倒是盯出朵花来!"

我没好气地嘀咕了一句,便故作矜持地正襟危坐,装得像朵盛开的大白莲,出淤泥而不染,濯清涟而不妖。

张一帆终于意识到电影已经结束了,他不经意地站起身来,看向我:"苏玥,你接下来要去干吗?"

我抬头看他,他站在电影院的大灯下面,暧昧的黄色大灯柔和了他的面庞，甚至让我产生了一丝丝的幻觉，他在笑，我不由地想今天要说的话到底合不合适。

"吃饭，我们还没有吃饭。"

张一帆了然一笑，向我伸出了手，这个时候我才有了一点安心之感，毕竟他待我和普通朋友还是不同的，我羞涩地笑了笑，把迫不及待的姿态收敛了几分，演绎出一副淑女样。

但我们最终还是没有像一对陷入甜蜜爱恋的恋人那样十指紧扣。

他看我长时间没有伸手，就收回了手，徒留我一只手在空中划了个圈。

他一定没有看懂我的表情。

我习惯了自我安慰，这不也说明张一帆还没有恋爱过，这是好事情，我的手却不自觉地捏紧。

离开电影院的路没多长，我和张一帆却走了很久，我一直试图跟在他后面做出小女生的样子，但最后都变成了亦步亦趋，我眼前突然跳出阿哲的模样，他大声嘲笑着我的活该，而我信誓旦旦地打赌我是对的，最后只换来他的嬉笑。

也许，阿哲才是对的。

"你想吃什么？"张一帆侧过脸来问我。

我痴痴地盯着他的侧脸，他的侧脸生得很是俊美，剑眉星目，鼻梁高挺。第一次见到他的时候，他的轮廓就刻印在我的脑海，说起来也是可笑，我从未学过画画，但每次在心里暗暗描绘时，轮廓的线条却是那样的清晰。

"吃什么都可以。"我不在意地回答,只要和你在一起,吃什么不是吃呢。

他了然地点了点头,转身打开菜单。

我只能无聊地摆弄手机,我和张一帆聊天的界面是我们的合影,当初我硬拉着他拍了张照片,他面无表情地盯着我的手机,而我笑得像个傻叉。

我用指尖摸了摸张一帆那张脸,隔着冷冰冰的屏幕都能感受到他的棱角。

"我们今天还有什么活动没有完成?"张一帆问。

我紧紧地握着手机,手机上还有没有被划掉的那一栏,"今天的活动都完成了,吃完饭我们就回去吧。"

张一帆点了点头,令人惊奇的是,我们两人这一会儿却不约而同地不再说话。

他从来没有考虑过我的想法。

情人节,一男一女坐在一起,却不说一句话。

我迫切地想要逃离这个餐厅,逃离周围情侣打探的目光,逃离服务员欲言又止想要推荐的情侣套餐。

比起尴尬,我更觉得难堪,张一帆这么做比拒绝我更让我难受,他把我晾在大众眼皮下面,却不愿意和我说一句话,宁可拿着手机看新闻。我难道就这么不招他待见,难道是我自作多情地捧上一颗热乎乎的心干等着它慢慢变冷?

我只能抿了抿嘴巴,眼皮子耷拉着划开了阿哲的头像。

"阿哲,晚上出来吃夜宵。"

"哦。"

一看阿哲的回答我就知道他还在打游戏,也起了作妖的心,不停地发送震动,直到阿哲受不了回了个愤怒的表情。"知道了,老地方。"

我心安理得地放下手机。

2. 阿哲

我和阿哲从高中起就是同班同学,到了大学虽不是同一个专业,但幸好也在同个学校。

阿哲是妇女之友,长得不帅但是看起来极为顺眼,我和他算是不打不相识。

我上高中的时候恰好坐在他的后面,隔三差五的,我就拿笔尖戳他的肩膀,企图让他低头好让我看清黑板上的字,他每次都不耐烦地回头,然后把脊背挺得更直,我不知道画花了他几件白衬衫。

每当我咬碎了一口银牙,恨不得举手让老师替我伸冤的时候,阿哲就把抄好的笔记转身递给我,脸上还是一副看你可怜,大爷怜惜你才把笔记借你的样子。

我诚惶诚恐,小心翼翼地接过阿哲的笔记,低头恭敬地回应:"谢主隆恩!"

"嗯,小玥子退下吧。"阿哲一挥袖子,不带走一片云彩。

我俩的交情就在这 来一回里结交起来。

那时候我们兜里没多少钱，情到深处也只是互相口头承诺一顿饭，三年下来，我不知道我欠的要还多久才能还清。

阿哲当年篮球打得很好，曾经在校队里待过，那是他最风光的一年，学校里多少女生为他痴狂，暗送秋波。而我作为他最真诚的"小弟"，跟在他屁股后面帮他拿衣服，递矿泉水，他打了一年的球，我身上的汗水味儿也维持了一年。

我和他时常狼狈为奸，形影不离，也就成了本校女生最痛恨的人，常常有人在路上堵我，企图让我放弃愚蠢的想法。

关爱阿哲，人人有份！

偏偏这个时候阿哲都笑而不语，不顾我的埋怨，不愿意出来解释，只是摸着我永远梳不好的马尾嘲笑我的多虑。但经过我多次观察，阿哲可能偏爱男生，这样一来也更能解释他为什么揣摩穿衣品味比我更细上几分，看人待物比我更细致。

没等我用贼眉鼠眼再观察他几日，我就突然喜欢上了张一帆。

喜欢上张一帆的那一天我记得很清楚，每一个女孩子对她的初恋都应该记忆犹新。

张一帆戴着眼镜，拿着一本物理册子从图书馆走出来，那天的阳光正好，初冬绽开的第一抹暖阳，涂在张一帆的侧脸上，晕开一片光影。

而我就因为这一眼，甚至还没来得及看清对方的眉目，心里就被撞了一下，随后像有一万只青蛙上下在我的心房跳动，直到现在回味起来都仍有余悸，他就在对的时间、对的地点撞进了我的情窦初开。

那种一见钟情的感觉不是每个人都能遇见,也不是每一个人都能感觉到。有些人感情来得太慢,等回过神来,斯人已去;有些人天生冷淡自持,终其一生都不愿意放任自己迷失在心脏的强烈撞击中。

我顿时感觉春暖花开,四周一片桃色。

直到阿哲的篮球穿过我的脚,滚到张一帆脚前。

我莫名地不敢开口和眼前的男子说话,他就像是梦里飞进来的一只蝴蝶,我怕梦醒了,他走了。

"小玥儿,快替朕捡球!"阿哲中气十足的声音穿过整片篮球场。

张一帆托了托眼镜,蹲下身把球递给我。

我接过球,碰到了他的指尖,全身战栗,每个毛孔都在诉说着愉悦。

我想我那时的表情一定傻透了!

阿哲看我久站着没回来,又看见我和一男子对峙,以为出了什么事情,神色紧张地冲到我们旁边,先是捧着我的脸仔仔细细地看,在我不耐烦地把他拉开之前,他把我拉到他的身后,不客气地呛过去:"你谁啊?"

问得好!我暗暗心想,随后试图睁大我的小眯眼,让男神看到我仰慕的目光。

"张一帆。"张一帆没有说多余的话,"我看球掉到脚边就顺手捡起来给了她。"

阿哲向我投来质疑的目光,我没有理会,我已经沉浸在男神开口的起起落落,谁还在意阿哲这种凡夫俗子的询问。

阿哲一看是个误会,揉着头爽朗地笑了笑,伸出了手,"不好意思,我是阿哲。我还以为你和苏玥吵架了呢,苏玥还不谢谢张一帆。"

我战战兢兢地伸出手,想要触摸男神纤长的手指,张一帆没料到我的"咸猪手"伸得这么长,一时间被我握住也没有挣脱开。

我心里的小人在跳舞、转圈,脑颅里烟花盛开,脚几乎站不稳,只能靠着阿哲。

张一帆的脸色有些尴尬,我丝毫没有察觉,依旧握着这双白皙的手,直到阿哲狠狠地揪了我的后背,我才僵着脸松开了手。

张一帆离开之后,我捂着胸口告诉阿哲:"阿哲,快扶着我,我感觉我恋爱了!"

阿哲白了我一眼,没有理我,毕竟我这样看到帅哥走不动路的时候太多。

"我感觉他就是我的真命天子!真的,阿哲你是不知道,刚刚我碰到他指尖的时候,我觉得春暖花开……"

没等我说完,我就滑倒在初冬没有消融的碎冰上面。

阿哲无耻地在旁边嘲笑了我,然后小心地扶我起来。

3. 一道伤疤

随后的日子里,我就像个猥琐的跟踪者,到处打探张一帆的消息,从图书馆到网吧,从食堂到男厕所,连阿哲都不愿意和我走在一起,嫌我丢人!

在我得知张一帆在门口的小卖部买午饭时,便怂恿阿哲带我翻墙出去找他。阿哲皱了皱眉,最终在我的央求之下带着我去了学校的后门。

学校对后门的管理一向是睁一只眼闭一只眼,也不派专门的人盯着。

我小心地踏在阿哲的肩膀上,让阿哲把我抬起来,阿哲小声地嘀咕了一句"好重",我毫不犹豫地揪了一把他的头发,最后在我的尖叫声中他没站稳,我一下子被他抛出了矮墙,狠狠地摔倒在地。

我在摔下墙的时候不免有些惊慌,幸好屁股着地没有太大的冲击,充其量不过是手臂被划了一道口子。

阿哲急得红了脸,手脚并用地爬上墙,从墙上一跃而下,然后扶起我,小心地问我怎么样。

我摇了摇头,告诉他没事,阿哲的脸色一下子缓了下来,他放开了我的手,但我却看到他发白的嘴唇。

阿哲在我碰到他手臂的时候,发出了"嘶"的声音,我才发现,阿哲那双用来投三分球的手软绵绵的。

我顿时红了眼,捧着阿哲的手不知道应该怎么办。

恰好这时张一帆吃完饭经过,看到了我六神无主和阿哲脸色发白的样子,立马跑回小卖部叫了辆救护车。

救护车呼啸而去的时候,我还愣在原地。班主任跟着阿哲去了医院，让我留在原地反省，张一帆看不下去了，扶着腿软的我从后门回了教室。

我瘫软在座位上，把头小心地枕在自己的胳膊上，终于无声地抽泣了起来。

阿哲的手臂折了，他不能继续待在篮球队，也不能继续追求他的梦想。

我亲手折断了他寻找梦想的双翼。

阿哲住院了，休息了半个月，这半个月里我无数次鼓起勇气，想要带一束花去医院看他，可终究还是不了了之。

连阿哲的伤情我都无从打听，只能在老师偶尔瞥过来的，带着惋惜和厌恶的目光中仓皇而逃，在同学的只言片语中拼绘出阿哲的模样。

张一帆不忍心我继续这么下去，用他的话来说，我就像一只过街老鼠，每天畏首畏尾，风声鹤唳。

他陪着我吃饭、上课，就连上图书馆的时候都会捎上我，以前我梦寐以求的事情实现了，我却完全没有实现心愿的欣喜。

张一帆推着自行车陪我上学，我想到了我坐在阿哲的后座上，他飞快地踏着脚踏板，我在尖叫声中紧紧抱住他的腰；张一帆陪着我吃午饭，我想到了阿哲坐在我对面的时候嫌弃我太挑剔，把自己饭盒里的蔬菜统统倒给我，霸道地让我吃完；张一帆陪我上自修的时候，我想到了我和阿哲一做作业就打哈欠的共性。

当阿哲不见了，我才发现他的位置是无可替代的。

阿哲在半个月后完好无损地回来了，他辞退了篮球队队长的职务。阿哲给出的官方理由是："我妈说读书比较重要，再说了，我们现在都高二了。"

我没有勇气去看阿哲穿短袖时偶尔露出的伤疤，粉碎性骨折，重新植入骨头，而我的心头也印下了这一道像蜈蚣一样丑陋的疤痕，它时不时地发痛。

阿哲依然和以前一样，他还是会摸着我的头叫我快抄笔记，然后请他吃饭，却再也没有提起篮球。

4. 一个吻

高考就像是一道分水岭，彻底隔离了过去的时光，好像我们都遗忘了那段经历。我又像以前那样和阿哲来往，也渐渐忘却了当初身边没有阿哲时的那段彷徨。

填完志愿的那天，阿哲约我出门看电影，我也刚好要告诉他，我软磨硬泡终于让张一帆答应做我男朋友的事。

阿哲穿了件格子衫，他手上提着我最爱的芒果奶绿，直挺挺地站在电影院门口，他身材高大瘦削，不乏有过路的女生大胆地停下来问个电话号码。

我拍了拍他的肩膀，在他回头的时候又跳到他的正面，阿哲无奈地用手掌按住我乱窜的脑袋。

"你们女生难道每次都要人等吗？"阿哲放下手掌，轻轻弹了下我的脑袋。

我悻悻然地笑了笑，伸手去够阿哲手里的奶茶，阿哲顿时把奶茶举得高高的，我不满地踩了一下他的脚背，他倒吸了一口冷气，把奶茶递给我。

毕竟五厘米的高跟不是闹着玩的。

"你不是说找我有事要问吗？"我一边用吸管戳破奶茶盖，一边问他。

阿哲挠了挠自己的头问我："你报了哪个学校？"

"A大啊，上次和你估分结束后我就告诉你了。"我不满阿哲不把我的话当回事，随即又想踩他。

"您可悠着点，别折了鞋跟。"阿哲听完我的回答，脸上露出了笑，也开口和我逗趣。

"苏玥你不是也有话要说吗？"阿哲拿着电影票走在前面，另一只手自然地拉起我。

我慢慢把手从他宽厚的手掌中移出来，阿哲诧异地看了我一眼，毕竟就我俩的关系，牵个手什么的不算事。

我娇羞地低着头，脚尖在地上划了两圈说道："我和张一帆在一起了呢。"

一说完我就觉得我和阿哲之间出现了短暂的沉默，没等我抬头，阿哲一把把我抱在怀里。

"阿，阿哲，你抱得我喘不过气来了，快放手！"我拼命打着阿哲的手背，"让张一帆看见就不好了。"

"张一帆又不在这里，我一想到以后都不能抱我可爱的小玥儿了，心里特别难受，你别说话。"阿哲的声音瓮声瓮气的。

我顿时安静下来，拍了拍他的背，"安啦，小玥儿还是你的小弟。"

话虽然这么说，但我模模糊糊地感觉到，在我把和张一帆在一起的消息告诉阿哲之后，我们之间的关系再也不会像现在这样亲密，他会慢慢地离开我的生活，找到另一个人，但我始终想不到有谁能够代替我站到阿哲的旁边。

或许是我根本不愿去想。

这么一来，我突然觉得自己特别自私，一方面依赖着阿哲给我的安全感；另一边却去追逐张一帆，但我做不到放开阿哲的手，至少我不想他这么快离开我的生活。

在我想要用力抱紧阿哲的时候，阿哲突然放开了手，我愣愣地维持同一个动作。

"你等我去上个厕所，过会儿陪我去喝杯咖啡。"说完他急急地跑进了电影大厅。

可是明明厕所就在外面，阿哲为什么要跑到电影大厅里面去。明明我们的电影也开始了，阿哲却突然说要去喝咖啡，我手上拿着电影票不解地看向阿哲离开的方向。

但一想到我和阿哲之间剪不断理还乱的关系，我突然觉得坐下来喝一杯咖啡慢慢消化，可能是个不错的选择。

阿哲气喘吁吁从电影院跑出来的时候，我正蹲在墙角边玩手机，他一把拉起我的手就朝楼梯跑去，我还没来得及问发生了什么事。

后面的人追得越来越近，阿哲拉着我躲进了离得最近的一个储物间,他的呼吸重重地打在我的脸上,我的脸肯定红透了。

"你干什么了?"我轻声问他。

阿哲低下头,储物间里没有灯,我只能用从门缝外透过的暗光看清他的眼睛,他的眼睛不大,更像是狭长的狐狸眼。

他喘着粗气压低了声音说道:"刚刚在电影院看到了个小偷,我本来想报警,结果被他看见了,说来也是衰,没想到现在小偷都团伙作案了,追着让我把手机交出来,这不只能拉着你跑了。"

我还以为是遇见有深仇大恨的人,一路上跑得这么急,一想到原本这个点我还可以坐在电影院里,舒舒服服地看电影,我就气上心头,又想踩他。

结果如阿哲预料的那样,我的鞋跟在疯狂的奔跑中折了,我重心不稳地摔倒在阿哲身上,鼻子狠狠撞到了阿哲的脸,当下就忍不住捂着鼻子直呼气。

阿哲也顾不上被撞疼的脸颊,连忙抬起我的脸看,双目交接,阿哲的眼神晦涩不明,他离我越来越近,最后我只感觉嘴唇上一片凉意,阿哲身上的薄荷味儿在这个狭小的空间里被无限地扩大。

我就睁着眼睛,数着阿哲颤抖的睫毛。

"对不起,"阿哲暗哑的声音在我耳边放大,"我送你回去吧。"

这时我才察觉到门外已经没有了声音。

我们一路上闭口不谈刚刚的那个吻,就当一切云淡风轻。

"你先上去吧,我就在楼下看着你。"阿哲的身影在昏暗的路灯下被拉得更长。

"你的嘴角边怎么青了?"正当我要转身走的时候,我注意到了阿哲嘴边的淤青。

阿哲不在意地擦了擦,"可能刚刚磕到了吧,你刚刚撞我身上那力道可非同一般啊。"

一说到刚刚,我们之间又陷入了尴尬。

阿哲最后犹豫地说道:"小玥儿,你和张一帆的事情要不要再考虑一下,我觉得他可能不喜欢你。"

我心烦意乱地点了点头,没有深思他的话。

等我走到五楼中间的时候,我向下望去,阿哲依然站在昏暗的灯光下。

我摸了摸自己的嘴唇,很凉。

我没有想到,那是阿哲最后一次牵我的手。

5. 我们分手吧

情人节,我和张一帆吃完饭,我看着他依然无可挑剔的侧脸却感觉很累。

我不愿意再这么迁就着张一帆,好像一直都是我一头热地靠过去,我愿意用我的青春浇灌出属于我自己的花朵,但事实却像阿哲说的那样,一块木头是捂不热的。

我何必还要苦苦守着一块捂不热的木头。

"那个,张一帆我们分手吧。"我小心翼翼地提议。

张一帆连眼皮子都没有抬:"怎么了,今天哪里不开心?"

"我觉得你说得挺对的,你平常忙得不能回我的短信,平日里我们之间也没有交流,更别提我对你的了解,可能你给我的印象,还停留在高中时期……"

"够了!"张一帆打断了我絮絮叨叨的似是而非的理由,"要开始的是你,最后要结束的也是你。苏玥,是不是阿哲把你宠得太过了?"

"阿哲?"

"我一直以为你和阿哲是一对,阿哲那么明显地喜欢你,难道你看不出来吗?结果你突然跑出来要和我在一起,你让我和阿哲怎么相处?我答应了你不假,但是我清楚我不过是你和阿哲之间的调味剂!你和我在一起的时候找他聊天,话里话外不离阿哲,你把我当什么了?"

张一帆的突然发飙使我震惊得说不出话,原来他一直以来都是这么看待我们的关系的。

"那你的喜欢呢?是不是都是将就?"我冷静地说出这句话,可谁知道所有的哽咽都已经被我塞到喉咙里,闷得我透不过气。

"喜欢?我从来没有喜欢过你。爱不能将就,这不是你挂在嘴边上的吗?"张一帆冷漠地回答。

我从未想过,有一天我最喜欢的冷漠会变成伤我的利器。

"那不好意思,这段时间打扰你了。"我抬起头笑盈盈地回答道，我在张一帆的眼睛里看到了微缩的我，脸上的妆花得一塌糊涂。

还好以后都不会见面了，我这么安慰自己，却忍不住地想要流泪。

张一帆结了账，先离开。

而我，一个人在情人节的双人餐桌上坐了很久。

张一帆的那番话在我的脑海里折腾了很久！

是啊，我不就仗着阿哲喜欢我，我不就是恃宠而骄吗？！

阿哲赶到现场的速度很快，他气喘吁吁地坐到了我的对面。

"怎么了，小玥儿？"阿哲小心翼翼地问我，"是不是张一帆那个混蛋又说了什么伤人的话，你不要放在心上，你还不知道张一帆那块死木头，我早告诉你，你捂不热的！"

"不是的，阿哲，我失恋了。"我把头埋进手臂里，闷声闷气地回答。

阿哲沉默了很久，他了然地拍了拍我的肩膀安慰道，"我早看出你们处不了多久的，你早点甩了他也好，他也不是什么好人！高考结束那会儿我就看见他和别的女生走在电影院里。

"当时我还进去打了他一拳，结果他说那女生家和他家是世交，是他妈让他带着女生出去玩的，那时候你们刚在一起我也不好把事情告诉你。"

我像是意识到了什么，抬起头来看着阿哲，阿哲像是被我现在这副妆容惊吓道，颤巍巍地拿出几张纸巾递给我。

"原来那次你不是被什么小偷团伙追，是被张一帆追着打?"我一边擦着眼角,一边问。

"对啊。"阿哲把纸巾递给我之后准备收回手。

"那你拉着我躲什么躲!就应该站出去狠狠打他一耳光。"

我一把拍上阿哲来不及收回的掌心,"还有他妈,我还以为他妈鼓励我去追张一帆,原来他妈对所有和张一帆有接触的女生都这么说啊。靠!我是不是被摆了一道?"

我苦笑着问阿哲,阿哲没有说话,只是温柔地擦掉了我下巴上的一粒饭粒,"你级别太低了,哪是别人的对手。"

"原来他妈广撒网,然后逐一筛选,我算什么?迫不及待往上倒贴的秀女,那我还要谢主隆恩,深得皇上恩宠呢!"我翻了翻白眼说道。

想着想着,我忽地一拍桌子,"那张一帆还有脸说我,他的意思是我吃着碗里的还看着锅里的,也不看看他自己!"

阿哲温柔的笑意突然收敛了起来,他放下纸巾看着我,我被他看得无处遁形。

"小玥儿,既然说开了我就告诉你吧,我……"

我捂住耳朵,"别,你别说!"

阿哲坚定地拿下我的手,"我谈恋爱了。"

"啊?"我肯定傻透了。

阿哲慢条斯理地白了我一眼,"怎么?你阿玛有女朋友了,你反应这么大?"

我的心里一点也没有为这个被我定义了三年朋友关系的人有女朋友而开心,我感觉压抑,甚至比我知道张一帆和不止一个人约会更让我难过,阿哲这是背叛我了吗?

我张了张口,却发现自己什么立场都没有,我凭什么指责阿哲有了女朋友,我凭什么不让他有女朋友,又是谁说他一定就喜欢我了!

我看着阿哲,他是我熟悉的那个宠爱我的阿哲,也是那个陌生的阿哲,他很高,但是不帅;他很温柔,但是偶尔鬼畜;他会说哭你,但他也会为你温柔地擦眼泪;他可以陪你逛一天的街,也会让你陪他打游戏……

这里所有的我都会换成另一个她,我没有资格再加入这场角逐。

我被驱赶出了赛场,我输了。

因为他的眼里有光,一道我从未见过的光,但这道光不是我的,也不可能属于我,这是别人的。

6. 一个傻子

是阿哲的女朋友主动联系我的,她和我约在了学校门口的一家奶茶店,我觉得她是在示威,可阿哲已经是她的了,她又何必再找我?

阿哲的女朋友程双在他们学院也算有些名气,人长得清秀,性情也好。我常常能在阿哲的教室附近看到她,她很直接地表达过想要追求阿哲的话。

"阿哲常常提起你。"程双一坐下来就说。

我搅动着吸管不知道怎么说话。

"我能追到阿哲其实多亏了你,阿哲说过你经常怂恿他答应我是吧?"程双笑起来很好看,她的眼睛很大,里面写满了对阿哲的依恋。

我嘴巴里的芒果奶绿变得很苦,这种苦不像是从舌苔上感受到的,更像是从心底生出来的。

"其实阿哲的高考成绩特别好,当初我就不明白他为什么会来我们学校,我和他在一起之后也问过。"程双有些不解地问我,"苏玥你知道原因吗?"

我只能"啪"地把奶茶放下,"我为什么要知道原因?"

程双对我的厌恶都快溢出来了,如果我连这都没感觉到的话,我也是白活这么多年了。

"因为他喜欢你,苏玥你知道我有多羡慕你吗?阿哲他喜欢你,宁愿放弃一所更好的大学,就想守在你身边。而你呢,你不顾一切地去追求你的爱情。阿哲是什么,是你爱情路上的一块垫脚石吗?"

"你都已经和阿哲在一起了,为什么还要和我计较这么多?"我不解地问她。

"情人节那天,我和阿哲刚进电影院,他接了一通电话就先走了,他去干什么没有人比你更清楚了。"程双描述着情人节那天的场面,她的语气里带着一丝丝落寞。"阿哲还是在乎你的,他喜欢你的程度让我没有安全感你知道吗?"程双喃喃地说道。

"他从来没有和我说过,"我几乎是闭着嘴巴说完了这句话,"他如果说了……"

阿哲如果说了他喜欢我,是不是我也会义无反顾地和他在一起?

"你看你多傻,"程双说这句话的时候,我隐约看见了她眼角的水花,"你们两个都是傻子。"

我听着程双骂我傻子却不能想到一句反驳她的话。

"程双,你怎么和小玥儿在一起啊?"阿哲的出现打断了我们之间的交流。

我抬起头来看阿哲,阿哲第一眼没有看我,他先看了程双。

"你不是说苏玥最喜欢芒果奶绿了吗?这家新开的奶茶店的奶绿做得特别好,我就想叫她出来一起喝。"程双笑着看阿哲。

"哎,小玥儿你的眼睛怎么湿了?"阿哲有些担心地弯下腰,他宽厚的手掌就拍在我的背上,但是我再也没有感受到他手掌的温热。

我不自在地移开我的头,"迎风泪,你又不是不知道,还有,要不是程双叫我出来,我都不知道你竟然是和她在一起了!你说,我这个媒人做得好不好?"

阿哲哭笑不得地揉了揉我的头,"这也算是你的功劳,只要和你待上一段时间,其他女生都变得温柔可人起来。"

阿哲自然而然地坐到了程双的旁边,他温柔地和程双小声地讨论着只属于他们的事情,不时地用手把程双耳边的碎发拨到她的耳后,一个丰神俊秀,一个清秀无双,而我就像这出剧中的一个路人甲。

我随便找了个理由便迫不及待地逃离了现场。

7. 他可能不喜欢你了

那次聚会之后,我发烧了,我没有告诉阿哲,我情愿一个人烧死在这场大病中。

没想到到头来,我才是最孤单的那一个。

我固执地把所有阿哲给我的东西都寄还给了他,我不愿意再见到他,任性地选择了快递,快递师傅傻眼地看着我。

我们在一个学校,却再也没有见过面。

当我把阿哲的事情告诉室友之后,其中一个正在修理指甲的室友转过头来认真地告诉我:"小玥儿,阿哲只是不喜欢你了而已,可能他现在真的把你当朋友。"

他怎么可能不喜欢我了?他曾经为我摔断了手臂,从篮球队退役;

他为我冲撞老师,站在办公室门口还傻兮兮地笑;

他为我不知道揍了张一帆几次,却毫不在意那些伤口。

你让我怎么相信他已经不喜欢我,让我怎么接受他淡漠疏离的眼光?

直到我的这场高烧终于褪去,我也醒了,彻底明白了喜欢我的阿哲都只出现在曾经里。

程双到底是多虑了,阿哲确实是个痴情的人,但是他已经不喜欢我了,这份痴情也不再属于我。

我逐渐抽身离开阿哲身边,阿哲没有挽留我。

在我不和阿哲聊天的第一百天,我虔心地一步一步爬山到月老庙,在月老面前双手合十,诚心拜念,随后抽了一只签。

月老灵签第8签中上签。签曰:期我乎桑中,要我乎上宫,送我乎淇之上也。

我问大师:"这签讲了什么?"

他鞠了一躬告诉我:"男女之婚姻是终身大事,是决定人一生幸福之大事。爱之,不得以逾越、不正、强行等手段行之,必须以正当方式取得对方之芳心,两厢情愿之下完成。如违反上述原则行之时,虽结合,惟两者之间,貌合神离,不得行之,否则良缘亦为此破坏无疑。"

我离开寺庙的时候,感觉眼睛酸得厉害,脑子里却回响着大师的话,"爱之,不得以不正、强行等手段行之。"

终究我们还是分开了,张一帆是我的木头,我是阿哲的木头,而一块木头是不会开花的,浇灌木头的人也终有一天会心灰意冷地离开,一块没有主人的木头,即使最后开了花,也没了欣赏的人。

我忽然想起高中毕业那会儿,阿哲在电影院里带着我狂奔,他的手掌是那么宽厚,他的眼睛是那么明亮,他带着薄荷味儿的嘴唇,是那么凉。

我最好的朋友结婚了

文 / 南瓜酥

也许是因为认识太久了,我穷尽所有词汇,也不知道该怎么准确地形容余果。

她自由、机灵、可爱迷人、无所畏惧,像一只永不停歇的陀螺,一个挥之不去的影子,横亘在我人生的前半截。

很多年了,我一直在想她究竟会喜欢什么样的人,现在这个问题终于有了答案。

我们的故事很长,要从十年前开始。

-1-

认识余果说起来很偶然,初三的某个秋日,我留在班里打扫卫生,走的时候忽然哗哗啦啦下起雨来。

我带了伞,一个人走下楼,看见她坐在楼梯口发呆。

她看见我拿着伞,眼神一亮,"唰"地站起来,笑着问:"同学,你没有女朋友吧?"

我有点儿没听清:"什么?"

"就是,没人跟你一起走吧?"

我摇摇头。

"那你可不可以送我回家?"

我点点头,说:"可以啊。"

风很小,只够吹动她的发梢。我们并肩走过文明路,走过老街的泥泞小道,她侧过头笑嘻嘻地问我是几年级、哪班的、家在哪儿。

我低着头,支支吾吾地说:"我初三(2)班的,家在……"

"哈哈,你是不是叫徐然啊?我好像想起来了……国旗队的?"

我说:"是,你是五班的吧?我知道你,你叫余果。"

"你怎么知道我?"

"去年元旦晚会上你不是唱歌了吗,《龙卷风》,很好听。"

"你也喜欢周杰伦吗?"

"我还会唱《双节棍》呢。"

"嘻嘻,那你唱一句我听听,说不定下回能带上你。"

"还是算了,我这人低调。"

……

余果家跟我家只隔了两条街,我们就这样认识了。

-2-

熟悉以后,我们才发现我们是如此地相似。

我们都喜欢周杰伦含糊不清的唱腔和昆汀蕴藉又张狂的暴力美学，沉迷陈老师那首《旅行的意义》，妄想着有一天什么都不管了撒腿就跑，北京巴黎土耳其，厦门大理洛杉矶，爱去哪儿去哪儿，谁也管不着。

我们都反感一切媚俗的、潮流的、喧嚣的事物，信奉活得有趣是人生的终极意义。

余果那时就开始在豆瓣写日记，开篇多是"可怜的人、荣幸的人啊、被猝然的巨大的爱轰炸"。或者马尔克斯那句经典的"过去都是假的，回忆没有归路，春天总是一去不返，最疯狂执着的爱情也终究是过眼云烟"。然后顺势讨论一些"形而上"的话题，关于文学、爱情和穿越世界的旅行，现在看来大概是典型的中二女文青，不过那时我觉得她是有机会得诺贝尔文学奖的，每一篇都去评论。

很长一段时间，大家都以为余果跟我在一起了，其实没有，我们只是朋友，只是会一起做不切实际的梦的朋友。比如余果会突然跟我说，她的意中人是个盖世英雄，会在某个阳光灿烂的夏天驾着七彩祥云来娶她。

我说："你也看过《大话西游》啊？"

她说："你是第一个知道这话是什么意思的。"

余果实在是个太过优秀的人，她的中学时代风光无限，整日往返于学生会、播音室和主席台上，大会学生代表致辞发言，运动会前排旗手，她永远是人群里最亮眼的那个，喜欢她的人不计其数，光我帮忙递的情书就有十几份。

有一次，一个很帅气的学长托我给她送一盒巧克力，一封情书。

余果把巧克力留下，情书找个没人的地方扔掉了。

我说："余果你怎么这么坏呢。"

"不然呢！他们的情书百分之八十都是网上搜的，自己再硬挤出来两句文绉绉的话，不扔了留着过年啊！"

我无言以对，半晌，问她究竟有没有喜欢的人。

她看看我说："你觉得呢。"

我说："可能有吧。"

"我喜欢的人大概还没出生呢。"余果叹了口气。

人们说爱情往往发生在某些瞬间，那些瞬间可能平淡无味，但是没有理由的，你就爱上她了，玄乎得像《大话西游》里那个著名的桥段——"当时那把剑离我的喉咙只有0.01公分……"

可是对我来说没有这么浪漫，我至今也不知道我为什么喜欢余果，什么时候喜欢上了余果，这是一件莫名其妙的事，类似于我去吃火锅人家给我上了一份全家桶。

那些年我们一起吃饭唱歌看电影，看书写字抄作业，朋友问起来，我只好无力地解释我们真的不是在谈恋爱。有一回余果过生日，我拉着她去买蛋糕，正好被我妈撞见。我妈发动关系，第二天就打听到了余果是谁家的孩子，哪年哪月哪日出生，父母健在，有个弟弟，说完她跟我挤挤眼，"挺好的这姑娘。"

当局者迷，现在看来他们都是对的，直到我们分别去了不同的城市读大学，我才意识到自己可能真的喜欢上余果了。

-3-

和所有老朋友的故事一样，我跟余果努力维持的友谊越来越淡。

我眼看着她慢慢地不再更新豆瓣，不再登录QQ，转战微博又迅速放弃，除了一年不更新几条的朋友圈，她就要成为一个虚无缥缈的影子。

不能再这样下去了，我决定约她出去玩。

地点是她定的，"我还是想去一次大理，虽然现在觉得可能也没什么好看的。"时间是我选的，6月30日，万物生长的夏天。

我们在机场见面。上午9点的合肥阳光刺眼，余果蹦蹦跳跳地跑过来，给了我一个拥抱。

我说："怎么感觉你又胖了呢。"

"呸！我最近一直减肥来着，比过年的时候瘦多了好吧！"

我不知道接什么，只好岔开话题，"你做好行程计划没有？"

"不是你做吗？"余果瞪了我一眼。

"我路痴啊！"

"我也路痴啊！"

……

到了昆明，我们转火车去大理。

K字开头的绿皮火车，轰轰隆隆的，车程将近6个小时。余果坐下来就掏出一本亨利·米勒的《北回归线》，看了半个小时,倒在我肩头,安静地睡着了。

晚上我们找到一家客栈,开了个双人间。

什么也没有发生,奔波了一天,我们吃了饭各自躺在床上玩手机、看电视,聊了聊自己最近的生活。

余果挥挥手机,让我关掉电视,问我:"你最近还听过这首歌吗?"

音乐响起,是陈绮贞的歌。

你看过了许多美景

你看过了许多美女

你迷失在地图上每一道短暂的光阴

……

我说好久没听了,最近喜欢一些老歌,罗大佑什么的。

余果说她最近在听万青和腰乐队,去过一次迷笛现场。

我们关掉灯聊到深夜,从莱昂纳多究竟是怎么变得这么胖的,到村上春树今年有没有机会得诺贝尔文学奖,还有卡尔维诺、鲍勃·迪伦、王家卫和诺兰,太普通了,都是文青最爱的话题。

聊到爱情,余果忽然转过身很认真地说:"我可能碰不到喜欢的人了,怎么办啊?"

我心里一动,思忖半天也不知道该怎么回答,最后只好很"鸡汤"地说:"你的意中人不是盖世英雄嘛,盖世英雄怎么会这么容易就出现?"

旅行就是这样一件容易让人失望的事。没去之前踌躇满志,真正把朝思暮想的地方踩在脚下了,却又会觉得无聊,觉得到处都是只想赚钱的商贩，千篇一律的景点。古城双廊，苍山洱海，我们顺着人群一个个走过去，走马观花似的，三天很快过去了。

余果回北京，我回老家，我们在昆明分别。

"果然到不了的远方才最美好，"余果跟我挥挥手，"再见啦！"

我点点头，看着她慢慢走远，终于还是没能说出我最想说的那句话。

-4-

毕业后我鬼使神差地跑到北京找工作，应聘到一家广告公司，期间跟余果见了几次面，不久后她却去了上海。

后来见面大都是过年了。

我们的小城市空空荡荡没什么好玩，只能一起吃吃饭、看看电影。有一年寒假，余果心血来潮做了个关于电影的公众号，于是她顺着豆瓣和IMDb评分把经典神作看了个遍，结果是我们再去看电影，她都会认真地吐槽："这个长镜头看得我头晕。"

"台词真尴尬！"

"剧情莫名其妙。"

跟余果很久没联系了。上次聊天是我看到她发了条朋友圈，"第一眼就心动的人，要怎么做朋友？"配图是一张翻着白眼的搞怪自拍。

我点了个赞，没有评论。

余果很快发消息给我:"干吗呢?"

我说:"什么也没干,上班累死了,吃了饭就在家刷刷手机打打游戏。"

余果说:"你真懒!我最近看了本书——《过于喧嚣的孤独》,挺好的,适合你。"

我们又聊了很多无关紧要的事,比如高中同学谁谁谁孩子都两岁啦,比如我们小城市的老街附近拆迁改建成了游乐园,比如"墨子号"卫星成功实现了千公里级的星地双向量子纠缠分发。

最后互道晚安沉沉睡去。

-5-

昨天下了班,我回到公寓自己做了盘番茄炒蛋,不小心多放了盐,齁咸,吃了两口无奈倒掉改吃泡面,老坛酸菜味的,还不错。

不能再普通了,我的每一天都是这样相似。上班下班,吃饭睡觉,无聊无趣,无所事事,除了偶尔听到关于余果的消息,才会让我心里一惊,意识到已经很久没联系她了。

余果如今,真的成了一个虚无缥缈的影子。

今天我下了地铁往公司跑,朋友王二突然给我发消息。

"余果结婚了。"他说。

我心跳加速,愣了十秒钟,努力思考这话是什么意思,然后如释重负,长长地呼了一口气。

点进朋友圈,果然看到了余果五分钟前发的动态。

"婚礼不办了,我们要环球旅行,嘻嘻。"三张配图分别是结婚证、钻戒和他们在巴黎那座铁塔下的合影。男人看起来很正经,眉清目秀的,有点像胡歌。

我点进余果的微信,扣了半天也还是一个字都没发。

十一月了,早上七点半的北京冷风刺骨。

我站在川流不息的人群里,忽然想起余果很喜欢的那句:"过去都是假的,回忆没有归路,春天总是一去不返,最疯狂执着的爱情也终究是过眼云烟。"

如果我没有爱过你

文 / 牛魔王

-1-

逝去的岁月就像一个隐秘的陷阱,上面铺盖着妖娆的鲜花,我总是不由自主地靠近,想嗅一嗅那芬芳的香味,然后一不小心就整个掉落进去,半生的悲喜哀愁像梦一般将我吞没。

第一次见到崔芩的那一天,我正流着一条鼻涕在幼儿园门口荡秋千,戴着粉红色口罩的她忽然出现,长发及肩,飘飘然像仙女下凡。

她的眉眼弯弯,眼睛像两只小船,她笑得那么好看,连口罩上的猫咪都翘起了胡须。一阵风吹过,花瓣雨洒上她的肩,她伸手去接纷纷飘落的花瓣,粉红色小裙子在风中旋转,我突然疑心她就是我昨晚在电视里看到的桃花仙。

我目光呆滞,伸出舌头一舔,将对她的欲念舔到了肚子里,后来我才知道原来那就叫一见钟情。

老师安排崔芩坐我旁边,我趁她不注意在她口罩的猫咪脸上画了一副大眼镜,她放学时戴口罩才发现,拿着口罩哇哇大哭。老师看见问我："杨帆，你知道是谁干的吗？"我赶紧摇头。偷偷去看她，一颗泪珠还挂在她长长的睫毛上，亮晶晶的像天上的小星星，原来她哭起来竟然也那么好看。

第二天我问她为什么要戴口罩，多憋得慌，她说没办法，她对花粉过敏，春天不戴口罩就会不停地打喷嚏。她说她知道口罩上的黑色大眼睛是我画的，问我怎么不画个粉红色的，黑色的太丑了。说着说着她笑了，鼻子皱起来，像她口罩上的猫咪。

她教我用彩纸折蝴蝶，折出来的蝴蝶翅膀一振一振的，好像真的会飞一样。她还教我跳绳，小小的身体在绳下起起落落，像只小燕子。她睡我的上铺，我手笨，她总是笑着帮我铺床叠被子，叫我"可爱的小笨蛋儿"。

妈妈给我讲故事，故事里的小熊爸爸冒险去救小熊妈妈，我跟妈妈说："我长大了要跟崔芩结婚，她有危险我也要不顾一切去救她。"妈妈说对女孩子要温柔，还说男孩子要保护女孩子。有一次在幼儿园玩滑梯，李晓乐跟她抢，还抓她的衣服，我对李晓乐大吼："快松开她，不然我也抓你了！"崔芩说："谢谢你，杨帆，你是我最好的朋友。"我的心里甜滋滋的，像吃了根世界上最好吃的牛奶雪糕。

我和崔芩从幼儿园牵手，到小学分手，她上了一所普通小学，我妈托人让我进了县城的重点小学。幼儿园毕业那天，我一想到以后再也见不到她了，难过得哭了起来，要知道我可不是个爱哭鬼，妈妈说男孩子要坚强不能随便哭，可是我觉得见不着崔芩这事儿比天还大，一点儿不随便。

毕业典礼结束，我俩坐在花架子上，说了好多话，好像把一辈子的话都说了，崔芩说让我以后去她家找她玩，我说我以后想跟她结婚，问她愿意做我的媳妇儿吗，崔芩说愿意，但让我把脸洗干净，以后别再流鼻涕。

我家住城南，崔芩家住城北，去她家要穿越整个县城，还要过一道古老的城门。来到新学校的我对一切都充满了好奇，很快就把崔芩忘了，我慢慢长大，有时候想起要娶崔芩的话，觉得自己好幼稚，可是，崔芩真的挺好看的。

-2-

我再见到崔芩是在9年后，一开始我根本没认出来她。老师拿着花名册在讲台上点名，点到崔芩，我突然一惊，这不是我小时候要娶的媳妇儿吗？我一抬头看见一个亭亭玉立的大姑娘站在那里，觉得简直像做梦一样，崔芩，她竟然是崔芩，她真的是崔芩，我记得她嘴角的那颗痣，在幼儿园的时候，她总爱伸出舌头去舔它。

崔芩刚坐下，我就听到一个阴阳怪气的腔调，"崔芩，催情吧？哈哈哈！"全班哄堂大笑，崔芩把头埋得像鸵鸟，肩膀剧烈耸动，我知道她一定是在哭。她特别爱哭，这么多年了还是那样。

我一堂课都没听老师在讲什么，下课铃刚响，我就"腾"

地站起来,冲到那个贱小子身边,抓住他的衣领子,拳头就喂到了他脸上。他叫王昊,我俩大干了一场,没想到反而成了好哥们儿,多年后,崔芩已不在我身边,王昊还跟我那么铁。所以,女人的话你永远不能信,她六岁就答应嫁给我,后来却离开了我。

崔芩拉着我的手又哭又笑,"杨帆,是你吗?真的是你吗?真没想到我竟然又见到了你,真跟做梦似的!"她还跟从前一样,笑的时候,鼻子皱皱的,像只小猫咪。

那天放学,我俩又像幼儿园毕业典礼那天坐在一起,说了许多许多的话,我问她还过敏吗?她说早好了,我笑她还像小时候那么爱哭,一点儿小破事儿就哭鼻子。她说那个王昊真讨厌,让她在全班同学面前出丑。我说:"放心吧,有我在,以后谁也不敢欺负你。"

可是,崔芩以后真的悲催得变成了"催情",全班同学都那么叫她,我也一点儿招儿没有。

我带零食给崔芩吃,都是我妈给我精心准备的。崔芩太磨蹭,作业老是做不完,我不嫌她磨蹭,每天等着她最后一个走,骑自行车护送她到城北的家,再顶着星星和月亮掉头向南。

有一天晚上,骑到半路突然下大雨,我俩拼命地蹬,还是被淋成了落汤鸡,我帮崔芩把车往楼道里搬,她站在旁边冻得直发抖,昏黄的灯光罩着她,水滴顺着她额前的头发往下滴,薄薄的雪纺白衬衣湿漉漉地贴在身上,里面的粉红色小胸衣轮廓分明,刚刚发育的胸小巧挺立。我目瞪口呆地看着她,她以为我被浇傻了，催我回家洗澡换衣服，"杨帆，到家赶快洗个热水澡，可别感冒了呀！"

我如梦初醒，脸红脖子粗，推了车就跑。那天晚上，我翻来覆去睡不着，突然意识到，我和崔芩都长大了，我对她的感情不止是小时候那样单纯了，我还是想要保护她，可是，又不仅仅是那样简单，我想起小时候说要跟她结婚，她说让我把脸洗干净，别再流鼻涕。崔芩，我现在再也不是小时候的鼻涕虫了，你说的话还算数吗？

崔芩在体育课上晕倒了，我在女生们的咋咋呼呼中跑过去，将她背起来往医务室跑，王昊笑话我是猪八戒背媳妇儿，我让他少废话，赶紧回教室给我拿钱。从那以后，别人都拿我和崔芩开玩笑，她总是脸红得像天边的火烧云，我觉得害羞的她真是天底下最好看的姑娘。崔芩，你一定懂我的心思，对不对？

从医务室出来，崔芩悄悄告诉我她是子宫内膜异位症，痛经的时候能疼晕过去。我心疼极了，以后每次看她脸色发白，就煮好姜糖水装到保温杯里带到学校交给她。我知道保温杯是保温的，可我还是把保温杯揣到胸口的衣服里揣一路，冰凉的不锈钢保温杯被我暖得热乎乎的，带着我的体温。

我让崔芩考北京的大学，崔芩说她想去西安，六朝古都、盛唐长安在她的心里是永远的梦。这个文艺的丫头总是爱做梦，那好吧，我陪她一起做梦。高考成绩出来，我这个理科状元放弃了多年的清华梦，改报了西安交通大学，妈妈骂得我狗血淋头，王昊说我是儿女情长、英雄气短,一个"催情"把我的魂儿都勾没了。他又说,不过这才是我哥们儿,性情中人才是真汉子。

高考完第二天,我们三人一起去喝酒,崔芩说她的梦想是当个情感专栏作家,专门给女读者织梦,织绮丽的爱情梦。王昊说:"你别再给别人织梦了,你已经给杨帆织了一个梦,他困在里面,不知道几辈子才能醒呢!"我给了他胸口一拳,"崔芩,你别听这臭小子胡说八道,他这张嘴,缺个把门的!"崔芩脸又红了,比天边的晚霞还好看!崔芩,你懂我的心,是不是?

-3-

大一那年的国庆节,王昊从北京来西安找我玩,我们仨又能聚到一起了,我都一个月没见到崔芩了,不知道她能不能适应西安的生活,她那么爱哭,会不会想家哭鼻子,会不会想我?她的身体好些了吗?肚子疼的时候,知不知道给自己煮一杯姜糖水?

我在山沟沟里憋了一个月,天天被教官折磨,都晒成黑煤球了。"山里方一日,世上已千年",我深深呼吸了一口西安的空气,感觉像刚从牢里被放出来一样。崔芩,等着我啊,我要在华山之巅向你表白,这么多年了,我终于要大声说出我的爱,你准备好了吗?

不是三个人,还有一个人,一个男人,一个痞帅痞帅的男人,崔芩的手被他紧紧地攥着。

王昊在我肩上重重拍了一下,"兄弟,你完了。"

崔芩笑吟吟地跟我俩打招呼,眼睛却一刻都没离开过那个男人。她的眼睛波光粼粼,像最深情的湖水,是我从没见过的样子,这么多年,她从没用那种眼神看过我。

我完了,是的,我知道我完了。

我不知道我怎么从华山上下来的,好几次我都脚底一空,王昊朝我大吼:"你还要不要命了?你瞧你失魂落魄的丧尸样儿,你TMD有点出息行不行?!"崔芩也去拽我的胳膊,"哎呀,你小心点儿啊,华山上可死过好几个人呢!"

我知道崔芩关心我,可我要的关心,不是这样的关心。

我知道我要的关心,一辈子都要不到了。我真恨我自己,为什么不早点让她知道我的心,可是,我一直以为她应该知道我的心。原来,她并不知道。

树树皆秋色,山山唯落晖。崔芩倚在男朋友的怀里笑得那么美,可那笑,却与我无关。

月华如水,山径上一朵朵坠落的花,错错落落在因风摇晃的树影之间。王昊搂着我的脖子,唱着"朋友一生一起走,那些日子不再有",将忙着谈情说爱的崔芩扔在后面。

你要问我华山美不美,我真的说不上来,因为,我压根儿就没看。可是,我一辈子都忘不掉这个地方,我再也没去过这个地方。

华山,是我丢了爱人的地方,是我丢了心的地方。

载满了人的绿皮火车缓缓地开来，崔芩被男朋友托着屁股从窗户推进去，我和王昊在车开的最后一刹那才挤上去。列车鸣着笛，慢慢将群山抛在了后头，它开得那么慢，是不是载满了哀愁，重得走不动？我和王昊在列车接口处站着抽了2个小时劣质香烟，一路无言。

崔芩，有些话，我以前没有说，以后也不会说了。那些话，以前没有说是因为觉得太傻，说出来太难为情；以后不会说是因为再也没有必要，说出来没人听。譬如：我爱你，我一辈子都爱你。

从华山回来，王昊陪我去喝酒，"兄弟，有些人注定不属于你，该放下的早点放下，情海苦深，回头是岸，放下屠刀，立地成佛。"我苦笑着摇摇头，将杯中的酒一饮而尽，那酒泛着泡沫，像我的心一样苦涩。

送王昊回北京，他对我说："兄弟，4年以后，我在北京等着你，京城漂亮姑娘多得很，你早点来，别被别人抢光了。"

我很快谈恋爱了。王昊说："忘掉一个女人最好的办法就是找一个新的女人。"可是，我发现这个办法不灵，这小子这么多年尽给我出馊主意，我换了一个又一个女人，可夜深人静的时候，我想的还是春天幼儿园里旋转着接花瓣雨的那一个，是雨夜昏暗楼道里湿漉漉的那一个。

我没再去找过崔芩，只是偶尔接到她打来的电话，那时候打电话特别麻烦，起初是在一楼宿管大爷那里有2部电话，一整栋楼的男生都等着老大爷陕北味儿的召唤。到了大三学校才给宿舍里装上201卡电话,每天晚上被8个"癞蛤蟆"轮流霸占。

崔芩的电话越来越少,内容都是一个主题:甜蜜的爱情。我不知道那个男人是否真的像她说的那样对她那么好;我不知道他们的恋情是否也有阴影,无论如何,只要她好就好。接她的电话,真是一种折磨,我开始躲着她,总是让舍友告诉她我不在。

这个世界上,只有一个人知道我仍然爱着她,那就是王昊。他说:"男人忘掉一个女人唯一的办法,就是得到她。"我知道我得不到她,所以,我也忘不了她。

我的历次恋情屡屡失败,每个女友都说我没有心,我的成绩却一路走高,考到北京读研。崔芩在毕业前夕,给我打电话,说她要跟那个男人回家乡结婚了,她考到那个小城做公务员。

我默默地放下电话,出去和同学们在操场上喝了一夜酒,月华如水,他们唱着:"都是你的错……月亮惹的祸,再怎么心如钢铁也成绕指柔……"他们喝着唱着,唱着哭着,将啤酒瓶摔成玻璃碴;我喝着唱着,唱着哭着,心和啤酒瓶一起碎成了一地碴。

-4-

我在北京真的见到很多漂亮姑娘,但她们都不是她,她们的嘴角没有痣,鼻子皱起来也不像猫咪,她们走路那么快,说话那么大声。王昊骂我有病,让我以后别再祸害别人了。后来,我终于在一个眼睛像弯弯的小船的女人那里靠了岸,我对她不热,她对我也不烈,可是,人家说这样的夫妻往往可以过一辈子。

我们平淡又和谐,像这世上的每一对夫妻,可是,我还是常常想起她,想起她的时候,心里还是会疼。

我们有了可爱的女儿,那天我牵着女儿的小手,在公园里放风筝,王昊给我打电话,吞吞吐吐好像有话要说。我让他有屁快放,是不是欠了谁的钱还不上。他非要来找我喝酒。

那天晚上,王昊告诉我,崔芩走了,跳楼。男人有了小三,还和小三有了孩子。

这个笨女人,这个没出息的笨女人,你的世界里难道只有男人吗?王昊定定地望着我,"你要想哭就哭出来吧。"什么话?我为什么要哭?为这个又笨又蠢的女人吗?我只想把她拽到跟前,狠狠地骂她,把她骂醒,把她骂哭。可是,崔芩,你倒是过来让我骂啊!

月华如水,一辆公交车停在路边,许多人上去,许多人下来,车开走了,街上只剩下两旁店铺的灯光。这世界有那么多人,可是住在我心里的那个人却永远不见了,她一直住在我心里,以前我看不见她,可是我知道她安安稳稳地在某个地方,而现在,她却永远不见了。

天就快要亮了,那扁扁的下弦月,一点一点地沉下去,王昊在我身边口齿不清地唱着歌:"我从崖边跌落,落入星空辽阔,银河不清不浊,不知何以摆脱……"

第一次见到崔芩的那一天,我正流着一条鼻涕在幼儿园门口荡秋千,戴着粉红色口罩的她忽然出现,长发及肩,飘飘然像仙女下凡。

崔芩,如果我没有爱过你……

姑娘,让我给你讲一个故事

文 / 牛魔王

人生是一盒巧克力,你永远不知道下一块是什么味道。

——《阿甘正传》

-1-

2010年,张弛读大三,还是个愤世嫉俗的小青年,在辅导员的介绍下,到一个心理咨询热线工作站做志愿者。

刚刚21岁的小伙子,人生的大幕还没有拉开,倒要帮别人解决人生困惑,张弛每每想起来,都忍不住要苦笑。

在那些无法入睡的夜晚,张弛听着电话那头各式各样的绝望,心里常常沉重地像灌了铅一样。

阿甘的妈妈对阿甘说:"人生是一盒巧克力,你永远不知道下一块是什么味道。"可是,张弛想起自己的妈妈,觉得她自己从没吃到那块甜的巧克力。再想想听到的这些故事,他更加觉得人生这盒巧克力,恐怕大部分都是苦的吧?

深秋的夜晚,窗外是凄风苦雨,室内的张弛裹着毯子,端着茶杯不住地打喷嚏,心情像天气一样糟糕。电话响起来,张弛叹口气,拿起听筒。

"我现在19楼的楼顶,在跳下去之前,我有一个问题想问你。"姑娘的声音很好听,虽在痛苦焦虑之下,却仍像黄鹂鸟般的清脆悦耳。

张弛一个激灵,脑子瞬间清醒了,"姑娘,你可别犯糊涂,到底有什么想不开的,你跟我说说。"

"哇……"

张弛有点不知所措,他做了一个多月志愿者,基本上都是以听为主,所谓的情感干预理论,在遇到千奇百怪的案例时,往往显得那么苍白无力。

还是等她哭够了再说吧,其实很多的痛都是因为无人倾听而无法排解,很多时候我们都找不到一个能懂我们的人。张弛拿着听筒安安静静地等待。

"你说,这世界上到底有没有真爱?为什么我为他付出那么多,他却对我这么绝情?他以前不是这样的啊,呜呜呜……"

又是一个为情所困的傻女人,张弛心里那种鄙夷不由得又冒出头儿来,女人们为啥都把爱情当饭吃?难道没有爱情就活不下去吗?

-2-

"姑娘,我先不跟你讨论有没有真爱这个问题,我就问你,你妈把你养这么大,你为了一个不要你的男人就想去死,对得起她吗?"

"我妈,呜呜呜……你别跟我提我妈,我就是没脸见她才想去死的,她肯定不会要我这个丢脸的闺女了……"

"没有不要亲闺女的妈,你把你妈的电话告诉我,我帮你问问她。"

"你不知道,我爱上的是个有家庭的男人,我起初不知道他结婚了,后来他答应我他会离婚的。可现在我怀孕了,却再也找不着他了,呜呜呜……我要把肚子里的孩子生出来,我就不信他能这么狠心,连自己的亲骨肉都不认!"

姑娘一口气说完,先是楚楚可怜,到后来竟咬牙切齿。这世上再没有一种感情能像爱情这样充满矛盾又魔力无限,让人心甘情愿失去自我、沉溺、软弱,又让人不由自主、自我膨胀、疯狂、荒唐。

如花似玉的年纪,你本该与同龄男孩光明正大地徜徉在爱河中,可是,你却走进阴影,把自己弄得见不得光,一股无名火"腾"地升到脑门上,张弛简直想痛骂女孩一顿。

"他是不可能离婚的,你醒醒吧!为了这样一个猥琐的男人就去死,你妈真是白养你了!让我给你讲一个故事,听完你就知道该怎么做了!"

张弛越说越激动,"腾"地从沙发上站起来,身上裹的毯子无声地滑落到地上。他想起了自己生命中最重要的那个女人,是怎样凄楚怨怼地走过大半生。他想起自己从小受到的侮辱、歧视和欺凌,怎样终日惶惶地在阴影中行走。

-3-

"有一个姑娘,当年也和你这么大,年轻貌美、温柔贤淑,追求他的小伙子一大把。

可是,姑娘心高气傲,谁都看不上,嫌他们太幼稚。有一天,她认识了一个比自己大16岁的小官员,温文尔雅、气度从容。

小官员看上了她的青春美貌,处心积虑地接近她,帮她解决工作中遇到的麻烦。她心中窃喜,以为这个小官员爱上了自己,她不知道,小官员贪图的只是她的姿色。毕竟,家中的结发妻经过岁月的磨练,不管是脸还是身体,早已成糟糠。

没见过世面的她,开始和这个老男人交往。为了跟这个男人在一起,她毅然跟家庭决裂,被亲生母亲赶出了家。

她大半夜拖着箱子关上门,只听母亲在身后歇斯底里地哭喊:'出了这个门,你永远也别回来,除非我死!'

她迎风向前走,眼泪在雨夜里横飞,却一步不回头。愚蠢的她觉得自己像赴死的耶稣,她管这叫'伟大的爱情'。

她为了自己'伟大的爱情'连亲生爹娘都不要了,一心一意跟了那个小官,可是那个小官却从不提离婚俩字!

他对她说：'宝贝儿，我的地位不能离婚，你懂的。我的人我的心给了你！只差个名分，那玩意儿是虚的！'

她傻乎乎地信了他的话，害怕自己影响他的仕途，主动把自己藏到阴影里。她委曲求全把自己低到尘埃里，以为这就是伟大的爱情，却忘了张爱玲那么委屈最终也还是没有降得住胡兰成。傻姑娘，真正的爱情从来都不是求来的，那一定是比肩的，是互相成全的。

她怀孕了，固执地想要把孩子生下来，以此证明自己的爱情。她要用心血浇灌这爱情的果实，将她娇嫩的爱情之花培育成茂盛的参天大树。

他答应了，因为他的女儿已经上大学了，而出身农村的他一直都想要个传承血脉的儿子。光宗耀祖还需要什么呢？功名利禄这些男人该有的他都有了，只除了儿子。

她将孩子生了下来，是个男孩儿。他和她早就知道这一点。她和他很满意。

一切貌似都是她想要的样子，她觉得自己很幸福，哪怕被他养着，根本见不得光。她认为自己很伟大，甚至觉得自己因此而有了圣母的光辉。

可是，这偷来的幸福没能持续太久。他因经济问题被人举报，政敌利用这个机会将他送进了监狱，20年。

她除了儿子什么都没了，就连他送给她的小房子都被法院拍卖了。

她带着刚刚7个月的儿子租住在四处漏风的平房里，凄楚仓惶得不知该如何度日，没有工作，没有收入，父母不认她，亲戚朋友落井下石。

她靠四处打零工养活自己和儿子，常常今天不知明天的着落，凄惶得像流离失所的大雁。

儿子一天天长大，问她爸爸在哪儿，她无言以对，唯有眼泪。娘俩尝够了世态炎凉，受尽了人间白眼。

因为没有户口，儿子没上过一天幼儿园。因为没有户口，儿子直到8岁才借读在一所打工子弟小学。因为身份跟别的孩子不一样，儿子常常神情阴郁地带着伤回家。

这颗爱情的果实，如今成了最苦涩的果实，难以下咽。她再也不觉得自己伟大，恨不得将过去一笔抹去。可是，路都是自己走出来的呀！

阿甘的妈妈对阿甘说：'人生是一盒巧克力，你永远不知道下一块是什么味道。'她却说：'人生这盒巧克力，她已经吃完了所有甜的，剩下的全是苦的。'

人生太苦，或者是她早已透支了人生所有的甜。无数次撑不下去的时候，她万分后悔：如果我当初没有一根筋非要把孩子生下来就好了，或许我的人生还有翻盘的机会。

她原本温柔贤淑的性格开始在艰难的生活面前变得刻薄暴戾，渐渐地，她变成了一个怨妇。她本来也不是一个坚强成熟的女人，不然，怎么会傻傻地看不清楚生活的真相？

她的儿子在世人的白眼和母亲的打骂下长大，越来越自卑、敏感、胆怯、懦弱，渐渐明白了自己和同龄人的不同。其实，男孩儿才是最可怜的人吧?缺席的父亲,暴戾的母亲,见不得光的出身。爱是什么,他从来都不知道。

姑娘,讲到这里,我实在讲不下去了,这个故事太TMD疼痛!

我只能告诉你,男孩儿终于长大了,幸运的是,竟然还考上了大学,在半工半读和助学贷款中坚持了下来。"

电话那头非常安静,张弛甚至能听到姑娘轻微的呼吸声。她不再哭泣,可能已经被这个故事给吓傻了,漫漫人生路,哪有她想的那么轻松?

雨不知何时已经停了,潮气从窗户缝里渗进来,冷得像这个故事的基调。泪水从张弛的脸上流到了脖子里,他的心里却感到20年来从未有过的轻松畅快,这个故事憋在他的肚子里已经20年了,他就是故事里的那个私生子。

他已经忘记了电话对面的那个姑娘,随手将听筒放下,走出了房间,大口呼吸着冷冽的空气。20年了,他终于说出来了,却是对一个电话那头素不相识的陌生人。

空气中暗香浮动,张弛深深吸了一口气,这深秋的凉夜,竟然还有未凋谢的花儿?

-4-

一年后,张弛又一次接到那个姑娘的电话,那黄鹂鸟般清脆悦耳的声音使他一下子就猜到了她:"谢谢你,我现在很好,有了真正的男朋友,他是我新公司的同事,我们准备明年结婚。"

姑娘停顿了一会儿,接着说:"敬往事一杯酒,再也不回头。"

张弛一字一顿地回答:"嗯!敬往事一杯酒,再也不回头。"

月色温柔,张弛的心清明澄澈,如缀满繁星的夜空。

两年后,张弛大学毕业,通过了心理咨询师二级考试,到一个心理咨询工作室开始了正式的职业生涯。张弛有了一个视他如珍宝的女朋友,他终于知道什么是爱。

张弛想,原来人生真的是一盒巧克力,你永远不知道下一块是什么味道。

爱就勇敢在一起

文 / 戴日强

-1-

大脸猫是我去华中师范大学参加微电影决赛时认识的,当时她负责接待我。

主办方把休息地方安顿在飘满 Bra、丝袜等各种美妙景观的女生宿舍。一住到里面,顿时觉得这学校比盘丝洞还美妙。

和大脸猫有说有笑走出女生宿舍时,忽然有一个男生拦在我们面前,我还没来得及反应他就给了我一拳。

-2-

打我的人叫黑比,高中时候,他转学过来,刚好坐在大脸猫后面。

那天是电流路线实验课,黑比手贱捣鼓电流,结果一不小心短路喷出火花。

只听一声尖叫,大脸猫的马尾辫直接被烧了,她转头一脚踢到黑比裤裆，黑比疼得倒在地上打滚。

隔天，当黑比看到一头齐肩发的大脸猫出现在教室时，他知道自己已经被丘比特射中。

午后眼保健操，大脸猫刚闭上双眼时眼睛突然被一双手蒙住。

她吓了一跳，转过来一看，原来是黑比干的。

她以为是黑比在搞恶作剧，不愿声张就忍着，可连着被蒙了好几天，她终于忍不住问他为什么？

黑比说："只有这5分钟才能碰到你，而且全世界都不知道。"

听到这个回答，大脸猫当时就笑了，不但没有怪黑比，反倒觉得他挺可爱的。

-3-

从那以后，两人交流越来越多，由于她的脸有点儿婴儿肥，黑比给她取了"大脸猫"的外号，她也不甘心，看他经常打篮球皮肤有点黑，就送了"黑比"这个雅号！

虽然两人有说有笑，但是关系上并没有进一步发展。而且黑比很快发现，隔壁班有一个从高一开始就对大脸猫死缠烂打的姜军。

黑比很有危机感，于是他在逆境中发动了一次伟大的偷袭。

那天早上，所有同学都去操场做体操，到了跳跃运动时广播忽然停住，所有同学都以为是停电了。没想到的是喇叭忽然响起一阵响亮的声音："大脸猫，我喜欢你，做我女朋友吧！"

几千名师生当场傻眼,几秒后,一大批学生为这场创意表白鼓掌欢呼。

黑比付出"记大过"代价,所幸最大的福利是收获了大脸猫的芳心。

-4-

高考后报考大学,大脸猫考入华中师范大学(以下简称"华中"),而黑比成绩不理想,为了能跟她在一个城市,报了武汉工业学院。没想到的是姜军也故意考来武汉,在华中科技大学(以下简称"华科")。

华中和华科的恩怨不是一代人能说清的,在华中,一个男生能抱两个女生再加一条腿,而华科则恰恰相反,所以华科的男生一到华中就跟饿狼扑食一般,每次有活动,华科的男生都能把华中的女生追到桌子底下去。

回到故事上,姜军继承了华科的饿狼传统,经常翘军训过来缠着大脸猫,大脸猫被骚扰烦了,打电话告诉黑比,他一听立刻马不停蹄跑到华中护驾。

然后故事回到开头,我就很不幸地替姜军吃了这一拳。

后来解释清楚,黑比又是道歉,又是请我吃饭。我看他护花心切,简单让他请了3碗热干面、5瓶啤酒、3条武昌鱼就了事,离开时还不忘让他给我带上5包周黑鸭。如今想来真是罪过,竟然忘记还有精武鸭脖这货……

-5-

武汉最著名的景观就是桑拿天，而女生宿舍没有空调。

当时黑比听到大脸猫中暑，忘记穿上衣，光着膀子骑了5个小时的自行车杀到华中，然后非常霸气地给她开了10天的酒店！

白天他们各自上课，到了晚上就一起看星星。

大脸猫问："你说我们会不会永远在一起？"

黑比说："必须啊。"

大脸猫问："但是我们又不能天天见面。"

黑比指着天上的星星说："只要看到一闪一闪的星星就表示我在想你，就表示我们永远在一起。"

大脸猫说："那如果没有星星呢？"

黑比转身关上灯又打开，说："没有星星有灯啊。"

大脸猫开心地笑了，看到她秋水一般的笑容，黑比情不自禁把灯又关了，然后抱住大脸猫的脸。

可偏偏此时，大脸猫的手机响起，一接听，竟然是学校查宿舍！

-6-

辅导员一看到他们马上就发飙质问："你们夜不归宿干吗去了？"

大脸猫迟疑了下说："看星星……"

辅导员傻了，大声说："刚大一就严重违反校规，以后还能不能管教？给我你家长的电话，我必须打电话告知。"

一听到这话，大脸猫也傻了，她妈妈可是雷厉风行、喝酒能干掉两斤的主儿。

没想到此时黑比突然退缩说："老师，我想去下卫生间。"

大脸猫看到黑比变得那么懦弱，真想立马说分手。

骂了5分钟后，大脸猫还是没敢交出电话。

辅导员只得说："你再不主动交待，我就去查资料，到时候别怪我变本加厉。"

千钧一发的时刻，大脸猫手机震动了一下，是黑比发来的短信，他给了一个手机号，然后让她给辅导员这个号码。

大脸猫将信将疑地把手机号报给辅导员，辅导员自己到外面打电话。

这十几分钟可把大脸猫着急死了，然而辅导员回来只是淡淡说了一句"下不为例"就离开了。

大脸猫惊讶地问："你是找哪个同学顶替啊，怎么可能骗得过辅导员啊？"

黑比笑了笑说："不是我同学，是我爸。"

原来刚才他假借去卫生间求助父亲。这招真是绝了，一箭双雕。一方面替大脸猫解难，另一方面又算是获得家长同意，从此他们俩的恋情从地上转到大道上。

-7-

原本大脸猫以为两个人会顺利毕业,然后结婚,可大三下学期忽然接到黑比母亲的电话。内容大体为:现在黑比读的大学不好,将来毕业了没有前途,家里已经给他安排好出国留学,但黑比死活不同意,让她别缠着自己的儿子影响他的未来。

听到这些话,大脸猫也不开心了,再加上黑比要出国留学的事情,自己竟然一点都不知情。当天晚上她直接杀到武工男生宿舍,给了黑比一巴掌就离开。

走出校门时下着倾盆大雨,大脸猫孤独无助地走着,此时一把伞高高举在她上空。

大脸猫转头一看,竟然是姜军。

她并不知道姜军的眼线已经布置到了女生宿舍,一听到大脸猫有失恋嫌疑,他立马就打车过来护花。

如果是电影,故事一般是姜军带着湿透的大脸猫去酒店,然后让她休息,恰好被黑比撞见误以为他们是开房,然后一个误会下两人彻底闹掰。

只不过那是电影,不是生活,因为黑比不是傻逼一样的男主角,看到那么大的雨,你心爱的人在雨中哭,你不去追,傻站着演琼瑶剧吗?

于是学校门口便出现两男一女对峙的画面。

两个男人没有多说话,直接打了一架,最后被大脸猫拉开。

姜军满口是血,他在雨中大声喊着:"我喜欢你,从高中到现在,他那么无情那么得伤害你,都可以丢下你出国,你还那么喜欢他干吗?你现在告诉我,你不喜欢他,那我马上带你走。"

大脸猫满脸泪水,她看了看嘴角挂着血丝的黑比,又看了看坚定的姜军,然后说:"对不起,我心里只有他。"

姜军没有多说话,转头消失在雨中。

黑比也没多说话,冲过去紧紧抱住大脸猫。

大脸猫说:"现在都什么年代了,出个国没必要闹分手,我们的青春没那么矫情,你留学去吧,我会等你,大不了想你的时候打飞的去找你。"

黑比说:"不,我不能那么草率出国。"

大脸猫不解。

黑比说:"为了防止你跟别人跑了,出国前我要把你娶了。"

大脸猫幸福地笑了。

-8-

鉴于结婚流程特别复杂,两人选择了订婚,并约好取得硕士学位回来后结婚。

大学毕业后,大脸猫当上了文娱记者,成为空中飞人,一落地就要奔波于2个家庭,照顾4个长辈。

干过传媒的人都知道,记者是青春饭碗,大脸猫一开始两周去一次黑比家陪他父母,后来实在太累,一个月去一次,这下黑比妈妈不高兴了,开始摆出准婆婆的架子教训大脸猫,大脸猫本也不是苦情儿媳,几句就顶了过去,女人吵架就是争执加抬杠。

黑比妈妈威胁说:"有本事就别嫁我儿子,我儿子可是留学生,你配不上。"

大脸猫说:"不嫁就不嫁,谁稀罕当你们家的媳妇儿。"

后来大脸猫再也不去黑比家。

-9-

当时,黑比父亲的计划是让他继续留学考博士,回国后托关系进银行当科长,而黑比还真获得了保博机会。

但是当他一听说吵架这事,直接买了当天的机票杀回来,而且他手中还拿着留学时省吃俭用买来的戒指,实现当时说过一回国就娶大脸猫的诺言。

可当他到机场的时候发现大脸猫并没有来接机,电话也打不通,回到家里母亲开始劝他"反正没结婚可以退婚"。黑比这才知道事情的严重性。

在他的坚持下,两家人又见面,黑比想当着两家人的面正式求婚,结果两家人越说火药味越浓。

黑比母亲到了最后直接说:"你家闺女目无尊长,我家儿子可是留洋博士,现在两人身份不一样了。"

大脸猫的妈妈也不客气:"那好啊,现在这顿饭就当散伙饭吧。"

当天饭桌上大脸猫就提出分手,直接走人。这次黑比真的没有追出去,因为母亲拉着他。

回家后黑比跟母亲吵了一架,但是吵到最后,他发现母亲也没有错,哪个母亲不希望自己的儿子娶一个温文尔雅会照顾他的老婆呢?

只怪自己爱上倔强的女人,就像宋冬野的歌一样:"爱上一匹野马,可我的家里没有草原。"

后来黑比放弃保送博士的机会,他非常了解大脸猫的性格,天天在她楼下守着,不会去打扰她,天一黑就打开双闪。

彼时在大学的时候,他们约定只要看到一闪一闪的灯光,就表示永远在一起。

果然,不到一周大脸猫就下楼了,她哭红双眼跟黑比抱在一起。

但是两人聊了一会儿就分开了,是彻底分开。

隔天黑比提起行李远走英国再也没回来过。

……

-10-

前年电影发布会我又遇见大脸猫,她跟我说了黑比后续的事。

我问:"当时你们聊了什么,怎么他会如此决然离开?"

大脸猫苦笑了下说:"当时我哭着说自己很没安全感,整天全国各地飞,要照顾两个家庭,经常自己一个人躲在厕所里哭。还说我不会修管道,不会踩蟑螂,不会装电灯泡……去他家感觉自己就是女仆,什么都要做,特别委屈……"

听到这我什么都明白了,黑比是一个有担当的男人,他知道自己是一个没用的男人,给不了心爱的女人幸福和安全感,所以他选择放手。

放手也是一种爱,一种痛彻心扉的爱。

我又问:"那你还喜欢他吗?"

大脸猫迟疑了下点了点头说:"喜欢。"

我纳闷地又问:"那为什么不在一起?"

……

对啊,为什么相爱的人不能勇敢在一起?大脸猫无法回答,我呢?就更不懂了。

-11-

再见到大脸猫是在她婚礼的前一天晚上,我们在酒店大堂喝茶。

她又说完了剩下的故事,那时大脸猫跟同事一起打车去机场。

同事说:"公司真没安排好,我去的是你的母校,你却被安排去体育馆。"

大脸猫出于好奇看了下名单,结果母校的嘉宾里有黑比,她马上就跟同事更换。

但是一到现场,黑比却缺席了。

结束后,大脸猫独自一人走在校园里,过去美好的画面一幕幕扑面而来,她边走边哭。

也许,他们错过了这次相遇的机会,就是错过一辈子。

随后大脸猫又接着说:"那天黑比之所以缺席活动,是得知我要去武汉体育馆采访,他直接晾下所有人跑过去找我,没想到我们擦肩而过……"

听到这,我震惊了,命运怎么那么喜欢开玩笑?心里住着一个人,而明天她就要嫁人,我都不知道如何安慰她。

此时一盘精武鸭脖忽然出现在茶桌上。

只听一阵男生的声音说:"上次欠你的。"

我抬头一看,新郎竟然是他。

那天,我参加完大脸猫的婚礼,带着黑比送的几只啤酒鸭,叫来宋小君、兔子哥、苏青木,随后,我去帮苏青木处理"盗梦盒子"案子,没想到见证了一个魔术般的"偷心"爱情故事,这都是后话。

-12-

为什么相爱的人不能勇敢在一起呢?这真是一个有趣的伪命题。

相遇时最美,刀山火海不顾一切,玩命追求;热恋如蜜、你侬我侬,恨不得24小时厮守。可到了要在一起的时候却选择退缩。难道我们真的沦为爱无能的动物吗?

爱了就勇敢一点,哪怕前路满是荆棘,彼此经历这些才更值得一辈子去珍惜。

即便是性格不合,吵架闹分手,只要一个拥抱、一句暖心的话,铁做的心也能融化,爱情本来就是相互驯服的艺术。

如果暂时分开也不用怕,只要感情还在,也许一回头,他还在等着你。

人这一生要与2000万人擦肩而过,能在最好的年纪遇上值得去爱的人,这便是最幸福的事。既然相爱,就勇敢在一起,要不然这一辈子的幸福只能是一瞬间的回忆。

陪伴真的是最漫长的告白。也许,此生最浪漫的三个字并不是"我爱你",而是"在一起"。

你有没有初恋情结？

文 / 戴日强

-1-

下班时宋小君突然说他们大学宿舍的老大找到他的初恋了。

我们都愣了下，随后宋小君继续说，这是多年后，老大突然跟国外的初恋联系上，随后他突然变得很疯狂，说要马上定出国的机票去见她一面。

青春美好，初恋无法忘却，特别是到了而立之年的男人，哪怕再疯狂一把也是一份美好。可老大已经结婚了，老婆还是大学的老师，最关键已经开始生二胎了。

还能那么冲动吗？最后宿舍一伙人把他心中燃起的烈火浇灭，然后他边哭边跟所有人回忆着初恋的点点滴滴。

聊着聊着，同事就抛出这样的话题，旁边的阿飞说："男人之所以还有初恋情结都是因为当年没有睡过她。"

大家都嗤之以鼻，不过无论男女，为什么那么多人都忘不了初恋呢？

而你呢，睡过你的初恋……不对，是还记得你的初恋吗？

-2-

大鱼是我大学认识的朋友,去年去青岛平度参加他的婚礼。

到了求婚环节大鱼说:"米儿,嫁给我吧?"

新娘不是叫小麦吗?难道是五谷不分家,她还有一个叫米儿的小名?

我还没想明白,没想到新娘子直接给他一巴掌,随后大哭跑出婚礼现场。

看到这一幕我才反应过来,原来这小子在那么关键的时刻喊的竟然是初恋的名字……

大鱼和初恋米儿是高中时候认识的,那时还有一个敌对势力对米儿死缠烂打,大鱼一怒之下约他放学后操场见。

可到了放学时,大雨滂沱,操场大门紧锁,敌对势力显然是退缩了,但大鱼为了表达自己对爱情的赤诚,决定在操场等到晚上以宣示主权,于是他爬上了围墙结果不小心滑了下被栏杆磕到……

接下来一周他在医院度过,但也恰恰是这个付出最终博得米儿的同情,好几次她都主动过来帮他补习作业。

伤好了以后,大鱼马上展开追求攻势,当然套路还是当年我们玩过的那些套路,但是偏偏套路总是得人心,特别是在荷尔蒙爆棚的青春岁月。

大鱼约了小伙伴们利用全教学楼的灯摆出一个心形,然后自己在楼下送礼物求爱,但万万没想到有一个教室不配合,那个教室当然就是情敌的教室。

你说一个漂亮的心形中间是黑色的,谁受得了?

大鱼二话不说直接跑上去开灯,他一开情敌立马关掉,一来一往变成拳头交锋。本来教学楼被当成求爱道具已经很抢眼,再加上打架斗殴……于是,隔天大鱼顶着熊猫眼出现在"批斗大会"的主席台上,那天艳阳高照,万众瞩目。

教导主任拿着大喇叭训斥着他,并威胁他必须说出早恋对象,否则将开除他。

大鱼当然死活不会说出米儿的名字,他宁愿自己被开除,但是他没想到的是米儿一个人走向了舞台,然后对着话筒说:"是我,我是他女朋友。"

全校学生欢呼鼓掌,那天大鱼非常认真地看了米儿一眼,阳光下她的酒窝美得跟吐鲁番盆地上的水井一样。

-3-

后来米儿跟大鱼说,她只是帮他解围,女朋友的事等大学再说。

于是大鱼从此开始发愤图强,刻苦钻研英语,不耻下问,向全班同学讨教做题方法……在200多天的努力奋战下,他还是落榜了。

后来大鱼选择复读一年,米儿鼓励说会在学校等他。于是经过一年"徒手碎榴莲、脑袋拍砖头"的刻苦学习,大鱼终于考入米儿所在的学校……的附近开钛合金挖掘机的院校。

那天大鱼兴高采烈骑着自行车赶到米儿的学校去找她,却发现她被一个长发飘飘的男生载着在校园里游荡。大鱼抄起板砖过去拍在他头上……当然,他心里是那么想的,现实肯定不会那么干的。那天他默默回家,等到很晚才给米儿打电话。

大鱼问那个人是谁?

米儿犹豫了很久说是男朋友,怕耽误大鱼高考所以一直没跟他说。

大鱼先是骂了起来,说跟一个长发的男生谈恋爱跟同性恋一样,随后说着说着就哭了出来,那个时候都是在宿舍楼下打公共电话,大鱼直接哭到话筒进水,米儿都听不清他说什么,他拿起话筒甩了甩里面的眼泪,又接着哭诉。

那晚大鱼哭出了一个太平洋,打电话的男生排到了宿舍楼外,他们等得不耐烦又不好意思打断一个哭得不要不要的男同学……

后来大鱼听说那长发男之所以吸引米儿,是因为他弹吉他、组乐队、玩摇滚。他开始梦想:发动有着一颗不羁之心的舍友一起组乐队,在一次高校乐队比赛上彻底打败了反动势力,重新获得了米儿的芳心。当然,如果故事真那么发展,这肯定是豆瓣评分不到5分的国产青春电影。

真实的故事是:大鱼确实疯狂学习吉他准备组建乐队,但舍友只放荡没有不羁,第一步落空,然后参加比赛他连初赛都没通过。不过他万万没想到上帝这个编剧帮他修改了剧情。那就是，他最后还是战胜了那个长发男，因为长发男是学长，毕业就跟米儿分了手。当然，我们情愿相信是大鱼日日夜夜的守候感动了米儿，这个故事告诉我们楚楚待泡的失恋少女需要你去浇灌。

-4-

毕业后，米儿先到北京上班，大鱼隔年迫不及待地赶到。那时候米儿俨然一副学姐姿态，带着大鱼熟悉北京。一开始大鱼进地铁老分不清哪个门开。

米儿说你人对着车开的方向，广播说左边开就是左边，右边开就是右边。

从此大鱼屡试不爽。

坐过北京地铁的同学都知道，北京的地铁能把人挤成扑克牌。为了防止米儿被占便宜，大鱼每次都让她站在门口和座位中间的三角地带，然后他挡在前面，俨然一副"一夫当关，万夫莫开"的架势。

那时候的列车通往的是幸福的终点站，但是到站后他们却迷失在了出口。

米儿早一年到北京，混得风生水起，随着职位提升，接触到更多的高端人士，而大鱼在工作上是"加班狗"，工资刚好够生活。米儿喜欢喝咖啡，每次去咖啡店，大鱼只点一杯给她，以自己不喝咖啡为理由节省一杯，他认为看着米儿喝咖啡的样子就很幸福，但是两个人却因为这个细节慢慢出现隔阂。

如果两个人都坚持下倒还好，可是由于大鱼总觉得自己逐渐配不上米儿，再加上她经常参加一些高档活动，打扮比较精致，大鱼总觉得她可能一去就不回来，每次晚点回家再有点酒味，大鱼就免不了跟她吵架。

是的，大鱼和米儿最后的分开还是因为一次算不上误会的吵架，仅仅是一个不相干的客户送米儿回家，米儿在楼下多逗留了会儿。

分开前米儿哭着说了一句："喝咖啡的时候我多么希望能点两杯，我们一起分享这份美好，但是你永远只喝白水，当时我在想我们的生活观是不是永远不在一个频道？"

大鱼想解释他其实是想省钱，但是却没有说出口，因为他觉得男人的尊严更加重要。

很多时候，两个人分开并不是不爱，而是太过于在意，太在意就会控制太多，用力过猛，再加上谁都太倔强太好强，太在乎所谓的男人的尊严，往往一个误会和一场吵架就能成为最后压死骆驼的那根稻草。

那晚大鱼坐地铁离开，听到广播说右门开时顿时泪崩……

再后来两个人分开又各自有了对象，但是用大鱼的话来说，从此以后每一个恋爱对象都有了初恋的影子，他知道这对谁都不公平，但是不知道为什么初恋就像是胎记一样印刻在他心里，一直到了婚礼现场上发生的那段叫错新娘的误会。

-5-

我们的青春并没有那么多堕胎、出轨、车祸、出国……之所以分手还不是因为两个人太过执拗,又那么不够勇敢,这就是我们的青春,我们的初恋。

初恋给我们带来太多美好回忆和太多恨不得给 TA 一巴掌的痛楚。

可多少年后无论初恋在哪里,我想 TA 都会永远住在我们心里,无论是爱还是恨,都是永恒的记忆。

或许,是初恋教会我们如何去爱,每一场恋爱都会有 TA 的影子。

更或许,初恋只是出现在我们人生旅途中的一小段插曲,但是我们却要用一生去铭记。

是啊,你的初恋在你的花房,还是别人的婚床?

你还有没有初恋情结呢?

○ 9小时的依靠

文 / 王璐琪

-1-

2010年,我因学籍问题频繁往返于J城和N城之间,坐火车需要9小时。

因工作日无法请假,只得坐周五晚上的火车,一夜的时间到达N城,用周末两天时间,办完手续,买周日晚上的车票,次日直接上班。

那段时间,我把两座城市的车站的路走得甚是通透,闭着眼睛都能找到距离进站口最近的路。

因为学校通知下得突然,害得我这次差点就买不到坐票了。卧铺票比硬座贵了一倍,刚参加工作的我不舍得让自己躺着,因心中焦虑,在家中尚不能入睡,更何况是颠簸的火车上。

从J城到N城要9个小时,火车在夜色中蛇行南下,载着一车各怀心事的乘客,于荒芜的旷野中甩下一串汽笛的烟雾。

深夜的车厢很安静,对面坐着一名与我年纪相仿的男生。那年我刚满20岁,因大学退学与家人决裂的20岁,一身疲惫的20岁。

我没有行李,只背着鼓鼓囊囊的双肩包。因无心修剪,所以长度已经快到腰的蓬乱的黑发,疲惫的双眼以及与年龄极不相符的伤感引起了那个男生的注意,他多看了我两眼,大约疑心我是个女鬼吧。

他带着一只硕大的便携式行李包,穿着一套浅褐色的登山服,因灯光暗,只看出他鼻梁挺拔,嘴唇很薄。

我刚上车的时候,他醒了,抬抬腿让我过来,因为腿长,他把脚搭在我的座位上。

上车后,我分别接了3个电话:

第一个是大学室友打来的,她问我什么时候到站,好来接我。

第二个是学校团委老师打来的,问我到底什么时候能到校办手续。

第三个是我妈打来的,我们彼此恶声恶气争执了一番,她说:"既然又回了N城,干脆别去J城了。"

压低声音吵架不过瘾,我干脆挂了电话。

他多少听到点内容,不由得瞥了我一眼。

窗外一辆火车擦肩而过,那辆火车上的灯光每隔几秒投射到他的脸上,我看清了他的眼睛,一双眼尾上扬、双眼皮的痕迹很深的眼睛。我经常在N城的本地人身上见到这种眼窝深陷的眼睛。

火车突然鸣笛,轰鸣声更大了一层,加速了。

-2-

我望着窗外黑漆漆的原野,酝酿睡眠。有人在打呼噜,有人咔嚓咔嚓啃饼干,有人低声交谈,有人同我一样,睁着眼睛在昏暗的灯光下发呆。

忽然想起我的新同事们,周五下班前,他们商量着要去KTV唱通宵,问我去不去。

我站在办公桌前收拾东西,抱歉笑笑说:"今晚的火车回N城,去不了。"

他们的注意力很快转移,转移到一个70后的老编辑身上——我们的聚会,老编辑从来不参与,可他们需要人多,人多才热闹。

老编辑为难,他记挂着他家中两只猫无人喂,坚决要推掉,可我的同事们有的是招儿,他们要一起陪着老编辑回家喂猫,喂完再"押"他出来。

东西收拾完毕,我没与他们道别,背着包,乘坐2号线地铁往火车站去。

夜幕降临,J城华灯初上,晚上的J城显得迷幻,比白天亲切,在这个时间段,一切都是朦胧的。

我对J城没有执念,更像是一束蒲公英,被强劲的风吹到这里,风停了,便落了下去。而N城,则是我自己选择的。生活爱跟我开玩笑,随机选的城市最终成了我的第二故乡,但主动选择的地方,却待了一年多就离开了。

夜色越发重了,车厢里的灯灭了,唯一的光源是窗外硕大的弯月。

黑暗令人放松,也使我更能直面心中的情感。听着急促的轰隆声,我心中的焦虑犹如海浪般一层一层往上涌,看看时间,才只过了15分钟而已,接下来的8个多小时要怎么熬。

本以为不会睡着,但实在过于疲倦,最终抵不过困意,还是缓缓跌入了梦乡。

-3-

我是个经常与母亲吵架的人,从小到大,我们的意见从来没有统一过。她是出生在60年代的人,那个特殊的年代造就了他们这代人小心翼翼的生活方式,对于我们这一代人,她是怎么都看不上的。

在她看来,我不读书去工作的行径简直不可理喻。她哭过,也暴怒过,刚开始我与她争执,但后来我看着她花白的头发,固执得犹如岩石一样的表情,心里很难过,很多话选择咽了回去。

因为我发现,我在这件事上做错了。从小时候选择学艺术的时候我就错了,这个花销不是我的家庭能负担得起的,也不是轻如蝉翼的梦想二字能背负得动的。

我知道,他们砸锅卖铁也要供我读完,但却不能保证,我能心安理得享受着他们的付出,然后拿一张什么也无法保证的学位证书给他们,或者说"骗"他们。

"与其当一个末流的画手,不如不做画家。"与母亲争吵的时候,我说。

她不能理解,在她所处的年代,想读大学很难,在她看来,我就像是一个拥有珍宝却视若罔闻的盲人。

然后,我和母亲开始了长达5年的冷战。

很多次她试探着给我打电话,我知道那是试探性质的,因为语气很不好,于是我也堵她回去,战争周而复始。

然而在我的心底深处,我是佩服她的,因为她是生活的强者,很多事情做得很好。

劳苦、委屈、不满、汗水等等一切她都能生咽下去,笑脸迎人,同时,她也是压抑的,常年照顾我生病的父亲,这令她的心疲惫不堪,且对待很多感性的问题上坚硬得犹如磐石。

生活把她变成这个样子,我心疼她,可是她却不知道。因为对心疼的定义不一样,她觉得我怎么着也应该读完大学,我不读完,就是不心疼她。

有一次我们视频,我发现她的头发颜色呈现一种奇异的胡萝卜颜色,就问怎么了,她说是因为头发几乎全白了,以前染栗棕色的头发,因为还有黑色,所以看上去很和谐,现在洗几次就会颜色变浅。

"很明显吗?"她很紧张的样子,借用摄像头当镜子,贴得十分近,左右照着,"很明显?那我下次换个颜色。"

从那一刻起,我觉得心中某个地方正在缓缓塌陷。

我采访过一个老编辑,她与母亲的表达感情方式十分夸张,两个人每次问好都要给对方一个拥抱,然后编辑开始大声赞美她的老母亲,"你是世界上最美的妈妈!"

编辑见我面带不解,特意解释了一下,她母亲有老年痴呆症,什么都记不住,连自己的女儿也不认得,但是记得住"你是世界上最美的妈妈"这句话,因为在她很小的时候,老母亲常常这么问她:"妈妈美不美?"

还是小女孩的她就会格外夸张地说:"你是世界上最美的妈妈!"

"然后我每次这么一说,她就知道我是她闺女了。"老编辑说。

时间回溯,在我们还是一个胎儿的时候,蜷缩在母亲的子宫里,母亲用血液把我们养大,待我们出生后,成为一个新的个体,却逐渐遗忘了母体。

这残忍的自然规律。

-4-

再一次梦到与母亲争吵的情景,具体说来什么也不记得了,梦中的我伤心欲绝,泪如泉涌。醒来又昏昏睡去,睡一会儿被颠簸醒,迷迷糊糊感觉到身边有人在走动,但是距离我十分遥远。

我好像睡歪了,从车座上滑了下去,但如同被梦魇住了般,怎么也醒不来,只觉得后背倚靠着一方柔软的垫子,像是抱枕,比抱枕大。在抱枕后面,有一股力量支撑着我,我没因为火车的摇晃而倒下。

这一觉竟睡得很踏实，再次醒来，列车播音员用甜美的声音提醒乘客，N城即将到站了，请带好随身物品准备下车。

揉揉眼，才发现不知什么时候我半夜从座位上滑了下来，跪坐在与对面座位的过道中间，因为是面向大走道倒的，所以背后空无一物。原本该摔倒的，但我没有。

对面的男生把他的背包转移到我的身后，想必这就是半夜醒来察觉到的"抱枕"，为防止我倒，他用腿堵着背包的另一面，一夜支撑着我，竟一动也没动。

我醒来后，他还未醒，双臂环抱着自己。

火车停稳后，他醒了，见我坐在地上盯着他，一语不发，把包捡起来背好，跟着人群下车了，就像什么也没发生过一样。

大约是他也有个与我年龄相当的妹妹吧，大约看着独自一人乘车的我联想到他自己吧，可能某个黑暗的夜晚，他因为困乏睡去，从座位上滑下来无人给他支撑，他摔下来的瞬间醒了吧。

我们甚至没有任何交谈，他早于我上车，对彼此一无所知，唯一的共同点是我们的始发地和终点站是一样的。

我还未完全睡醒，跟在他的后面下了车，人群涌动，我们渺小得如同两只飞虫。

我这才有机会打量他，在明亮的晨光下。

他的背影很挺拔，应该当过兵，走路时，双臂机械地在身体两侧摆动，到一定高度后不是柔软回旋，而是钟摆一般圆滑折返，也不一定是军人，或者是N城某个学校的国防生。他的背包是迷彩的，有印刷的字体，但因包洗刷多次已经辨识不清。

他一身登山服,穿着一双登山靴,裤脚一丝不苟掖在靴子里,靴子底部有磨损,有些许的、已经干了的红色的泥土,这种红色的泥土我只在 N 城见过。

即将出站,我们在并列的两个检票口。

出站了。

迎接我的是大学室友,她兴奋地冲我招手,看见她我仿佛瞬间回到刚入校的那一天。

我回过头,望望他离开的方向,他居然也站住了,冲我微微一笑,似乎要敬礼,但手放到鬓角的位置,又放下了。

我们各自走向不同的方向,重新汇入嘈杂的人群,从此再没有见过面。

我有一个男朋友

文 / 周灿

我有一个男朋友。

尽管他从来没有出现在我的生活里,但我必须有一个男朋友。

-1-

27岁以前,我从来没有觉得孤独,直至最后一个能陪我吃晚饭的朋友,告诉我,她今天要和男朋友看电影,我才发现,独自坐在餐桌前的样子,还真像一条狗。

不知从哪天开始,我收到的婚礼请帖越来越少,接到请孩子满月酒的电话越来越多,不仅三姑六婆,就连昔日誓要单身到底的朋友,也开始抱着孩子向我催婚。

单身,不再是自由,而是十恶不赦。在一群秀恩爱、秀孩子的人群里,犹如异军突起,全世界都在问你:"为什么还没有男朋友?"

所以我必须有一个男朋友。

于是,吃饭的时候,我会摆上2双碗筷,不忘拍照片,将我的生活和男朋友分享给大家。

情人节的时候,我会给自己买心仪很久但一直舍不得买的口红或者香水,不忘在配图上写一句"谢谢老公"。

偶尔跟朋友逛街的时候,会特意买一件男士T恤衫,在她们笑而不语的眼神中,露出一个意味深长的笑容。

出去旅游的时候,刻意拍出男朋友视角,并抱怨技术太差。尽管如此,还是比大多数朋友的老公或者男友拍得好。

他是如此完美,想见他的人越来越多,但每一次都被我用异地恋搪塞过去:下次,我一定让你们见见他。

这样使我能见的朋友越来越少,吃饭的地方也越来越少,稍有不慎,就会和拖家带口的朋友撞一个满怀:你男朋友呢?

我只能走一条最孤独但最好走的路:外卖。

哪知撞上我妈突击检查,看见没有来得及收拾的外卖盒,对我不满道:"你那男朋友,怎么能允许你吃这个呢?"

我连忙回答:"偶尔,偶尔。"

我妈趁热打铁:"你们谈了那么久,也是时候带回去见见我们了。"

我知道,我下次能见的人里,又要少一个了。

我说:"下次,下次。"

我妈说:"你给他打个电话吧,让妈妈跟他聊聊。"

我:"……"

和她确认过眼神之后,我确定她开始怀疑我了。可是,我真的有一个男朋友,只是走得比其他人慢一些而已。

"他今天加班很忙的。"我出于本能的求生欲望,依旧找借口拒绝。

"我可以等他下班。"我妈铁了心要拆穿我的谎言,"他不会下班也不给你打电话吧?"

我的男友很完美。

他怎么可能会下班不联系我呢?怎么可能让我一个人上班下班,一个人吃饭逛街呢?怎么可能让我孤独得像一条狗呢?

我硬着头皮改了备注,拨出电话,在那头说话之前,抢先发言道:"你什么时候下班?"

-2-

那是一个披萨店的外卖电话。

我不知道现在电话那头站着的是谁,也不知道站在那头的人会有什么样的反应,我握紧拳头,犹如等待一场即将来临的高考。

"快,快了。"那头是一个男生,显然也被问得一愣,说话有些结巴:"不过披萨已经卖完了,你需要其他……"

话音未落,我妈已经抢过电话。

"小李吧?我是她妈妈。"

隔着电话,我也能想到一张大写加粗写的懵到极致的脸。我绝望地捂着脸,感觉自己的人生要完了。

"喂?"我妈瞟了我一眼,打开扬声器,似乎想让我亲耳听听自己是怎么死的:"我是她妈妈。"

"阿姨,阿姨好。"他的声音更结巴了。

"你怎么舍得让她天天吃外卖呢?"

"她要点,我也拦不住啊……"

"什么叫拦不住?"我妈眉头微皱,脸上露出一丝疑惑的表情,不似之前笃定地认为我在骗她自己有一个男朋友,而是有些半信半疑:"你们谈了这么久,你就没想过到她这儿来?"

电话那头恰逢其时的沉默,透着某种愧疚的味道。

我暗暗为他的反应点赞。

"不来这边,你总要见见我跟她爸吧?还是你根本就没想过跟她结婚?"

"想,想,想过的。"我能想到一张憋得通红又局促的脸,心里又是感激又是内疚,让这个素未谋面的男生,莫名遭受一场来自灵魂深处的拷问。

"那你什么时候来见我们?"

"……"男生又是一阵沉默。

我趁机抢过电话,关掉扬声器喊道:"你先忙吧,就这样。"

然后抓紧机会对我妈大喊大叫:"妈,你干吗啊?你知不知道你这样弄得别人还以为你女儿没人要呢?"

"我还不是担心你……"我妈语气放软,"我周围的朋友都当奶奶了……就我……连女婿还没见到。"

"没见到,你也不能逼人家啊。"

我妈不说话了,但我知道,她已经和我一样相信,我有一个男朋友。

为了让这份信任更加牢固,我又注册了一个微信号,模仿男朋友的语气,给自己发了很长一段文字,截图发在朋友圈。

"我知道你妈妈的意思,可是再给我点儿时间,我一定风风光光娶你进门。"

我妈首当其冲在下面点了一个赞,然后是朋友们的回复:哎哟,见家长啦?什么时候再来见见我们?

所有人,都相信我和男朋友已经见过家长,我再也不是朋友圈的异军突起,而是值得和他们探讨人生的同类人。

可是,他们说的人生,跟我所理解的人生全然不同。

老公、婆婆、孩子,我一个都插不上嘴,坐在人群中间,依旧孤独地像条狗,却又不得不强颜欢笑。

要让大家和我一样坚信不疑,我有一个男朋友。

情人节的前天,同事送了两张情侣座的电影票,开玩笑地跟我说:"买电影票的时候,海报上面写着单身和狗禁止入内,所以我就不去了。"

我记得他是有一个女朋友的,虽然没有见过,但我知道他是有女朋友的。

我问:"你女朋友呢?"

他说:"如果,我说,从来没有那个她,你会相信吗?"

"她的存在,都是我编造出来的,你相信吗?"

我有些心虚,感觉好像被看穿了什么,却又不得不硬着头皮强作镇定:"你少开玩笑了,谁没事编造这些呢?"

他没有回答,笑着跟我挥挥手:"走了。"

-3-

情人节,我一个人坐地铁去看电影,怀里抱着一只玩偶狗。

旁边坐着一对小情侣,女生在和男生发脾气,男生连连道歉:"下次,我一定买到情侣座好吗?"

女生不依:"下次买有什么用?就跟夏天的棉被、冬天的风扇一样,在该出现的时候,没有出现,后来也就不用出现了。"

我听了半天,他们吵架是因为男孩没有情侣座的电影票,我听而不语,默默抱紧怀里的玩偶狗。

"你到底想过跟我结婚吗?"

我对这个问题的出现感觉到匪夷所思,一张电影票就足以上升到人生吗?

男生年纪不大,一张脸憋得通红:"想,想,想过的。"

似曾相识的语气,让我顿时一愣,这时我才注意到从男孩身上时不时飘来的香味,是我常吃的披萨味道。

原来那天晚上解救我的,就是这样一张脸。

地铁到站。

女孩站起身冲出去,男孩连忙追上去,我抱着玩偶狗跟在他们身后,在即将出站口的时候,我将电影票塞给男孩。

他一脸诧异。

我说:"反正我不需要,送给你了。"

"多少钱?"他面带歉意,眼底却又有着掩饰不住的欣喜,"我给你。"

"不用了。"我挥挥手:"反正我也没有男朋友。"

我没有男朋友。

我也希望有一个人,能在出门的时候说一句"我走了,"能让我有所回应,从卫生间里探出头说一句"路上小心"。

我也希望有一个人,能让我和他争吵的时候,不讲道理地,从一个微不足道的问题上升到要不要和我结婚的人生高度。

我也希望有一个人,能让我因为他的存在,而对生活充满期待。

可是,没有这个人。

我也有过男朋友,可是他们从未让我对人生充满期待,每当我问起:"你爱我吗?"

他们会说:"我当然爱你。"

可是他们的眼神会告诉我:你不错,但是距离爱,还差那么一点儿。

就是那么一点儿。

两个人明明坐在一起,却不知道对方在想什么,依旧是孤独而无法分享人生的个体。

地铁站外人来人往。

我抱着玩偶狗,独自站在路边,突然想发一个朋友圈:我没有男朋友。

"你男朋友呢?"送我电影票的男同事突然发来微信。

我说:"我没有男朋友。"

他说:"我知道,抬头看。"

他穿着一件衬衣站在路灯下,拿着手机向我挥手,显然已经等候多时。他说:"你可能不信,我买披萨的时候,竟然在店员口中听见你的名字。"

我似乎已经能想到几个人围在一起拿那通电话嘲笑我的样子。

他继续说:"小哥说,以后凡是这个电话打来的,就让男生来接。小姑娘被逼到拿外卖电话冒充男朋友,也是不容易。"

几个人对我深表同情,表现出"关爱单身狗,人人有责"的人间大爱。

我哭笑不得:"那你是专程过来揭穿我的?"

他摇摇头:"我就是来确定一下以后能不能请你吃饭。"

霓虹闪烁,突然,我想有一个男朋友。

◯ 你是我好到舍不得谈恋爱的朋友

文 / 沫寒

-1-

我和阿海是特别好的朋友，好到我有很多朋友都会问我，你怎么不和阿海在一起呢？

每一次我都这样回答："我们从没有想过要在一起，也没有想过要分开。"

作为朋友，我见证了阿海和一个姑娘恋爱的全过程。他们恩爱的时候我默默祝福，从未觉得羡慕和嫉妒，但每次听说他们吵架时，我庆幸，我和阿海没有在一起。

后来，阿海跟姑娘分手时，喊我吃饭，阿海告诉我，他跟那姑娘删了彼此的联系方式，从此老死不相往来了。看着不断在给自己斟酒的阿海，我突然觉得，我和阿海能一直是兄弟般的朋友，真的是一件很好的事情。

因为分手了真的很难做朋友，从朋友发展成恋人很容易，从恋人退回到朋友的位置会不开心也会不甘心。

我愿意陪阿海做任何他喜欢的事情；我也记得阿海的生日

以及对他做的每一个承诺；我融进了阿海的朋友圈并成为了他朋友的朋友；我跟阿海无话不说而且熟悉彼此的每一个心事……

我对阿海说："你是我好到舍不得谈恋爱的朋友。"

我心里明白，如果我和阿海真的合适，那么早就应该在一起了。可这么久了，我们都已经习惯了以朋友关系的陪伴。

-2-

最近很火的《欢乐颂》里，曲筱绡和姚滨，安迪与老谭，他们也都是"朋友"的关系。

姚滨应该是曲筱绡每次出麻烦时想到的第一个人，曲筱绡一个电话，姚滨说到就到，说查谁信息立马查到，这世间似乎就没有他姚滨办不到的事。

老谭也是一样，关心起安迪，不止像朋友，更像长辈，总能给安迪指出问题的要害，每次出场，都能让人感觉到，事情肯定会稳妥搞定。

我们都能感觉到，姚滨喜欢曲筱绡，老谭喜欢安迪，但我们也能感觉到，他们之间的友情太美好，美好得让你希望他们能在一起，又担心他们在一起后有一天因为分开而打破了这样的美好。

友情里一旦滋生爱情的萌芽，倘若结出爱情的果，你就永远看不见那朵绚烂多姿的友情之花了。

-3-

我很喜欢舒淇,也像很多人一样,叹惋过舒淇与张震的感情。他们在侯孝贤导演的《最好的时光》里一口气谈了三辈子恋爱。我看过颁奖礼,舒淇挽着张震时,两人像是一对新婚的恋人,其他人都成了衬托的配角,像是来参加婚礼的宾客。可是2013年,张震娶了庄雯如,婚礼现场,庄雯如把手捧花点名送给舒淇,舒淇自然而然地接过花束,与新娘真诚相拥,毫不做作。

2015年夏末,在《刺客聂隐娘》的一次发布会上,张震因为天气原因缺席,舒淇撂狠话说不想与张震再合作。张震回应:"我无所谓啊,我们私下很好,可以当一辈子好朋友就好了。"

一辈子的朋友,为什么不在一起呢?

直到有一天我看到一条关于舒淇的采访,她说她跟张震是十几二十年非常好的朋友了,好到张震觉得她像男的,而她觉得张震像女的,张震有什么毛病她都知道,她有什么大男子主义的东西张震也都知道,但从第一天认识的时候她就知道他们没可能做男女朋友,他们在一起很轻松。

我突然明白了舒淇在微博上写的"每个女孩子心中都有个爱不了也恨不了的田季安"的意义。我舍不得跟你谈恋爱,大概是因为,我想一辈子拥有你。

-4-

我也想过，如果我真的和阿海在一起的话，对彼此来说，会不会都有一种"我当你是兄弟，你却想占有我"的感觉呢。

如果我们在一起了，在应该跟恋人在一起的时候我跟阿海在一起，在该和朋友在一起的时候我还是跟他在一起。两个人占据着彼此几乎全部的时光，就会很少像从前那样，有畅所欲言无话不说的时候了吧。

《男人帮》里有一句话：如此珍贵的一个人，就不要因为冲动、寂寞或者失落而让她变成有可能的陌生人。

所以，现实里很多个程又青和李大仁是不会在一起的，甜蜜的结局大多都出现在像《我可能不会爱你》这样的电视剧里。

-5-

你了解我的喜好，知道我看到什么会笑，遇到什么会哭。你陪着我一起成长，看着我头发长了短短了长。比起情侣关系，我更想和你当一辈子的好兄弟，彼此信任，相互支持，能开得起玩笑，也禁得起风浪。

难过的时候，我找你诉说，不要你抱抱我，只要我在快要摔倒时你拉住我，告诉我你在；高兴的时候，我依然要找你诉说，不要你牵着我，只要我伸出手对你说"Give me five!"时，你回给我默契的击掌。你永远都不会是我最亲密的人，但却会一直是我最知心的人。我们之间有距离,却没有隔阂。

我们不谈爱情,不搞暧昧。

但我们可以,一起慢慢变老。

因为你是我,好到舍不得谈恋爱的朋友。

地球旅馆

出 品 方　书中自有
出 品 人　张进步
策划监制　程　碧

出版统筹　马　丽
特约编辑　王胜兰
装帧设计　lemon
版式设计　八月松子
运　　营　肖　遥
营　　销　何雨淳　吴　桐
法律顾问　天津益清（北京）律师事务所　王彦玲